U0456187

作者近影

妮歌作品精选

跳吧，
卡萨布兰卡
Casablanca

妮 歌 著

团结出版社

图书在版编目（CIP）数据

跳吧，卡萨布兰卡：妮歌作品精选／妮歌著. —北京：团结出版社，2011.5
ISBN 978-7-5126-0410-0

Ⅰ. ①跳… Ⅱ. ①妮… Ⅲ. ①短篇小说-小说集-中国-当代②散文集-中国-当代 Ⅳ. ①I217.2

中国版本图书馆 CIP 数据核字（2011）第 061233 号

出　版：团结出版社
　　　　（北京市东城区东皇城根南街 84 号　邮编：100006）
电　话：（010）65228880　65244790
网　址：http://www.tjpress.com
E-mail：65244790@163.com
经　销：全国新华书店
印　刷：三河市东方印刷有限公司
装　订：三河中门辛装订厂

开　本：155×230 毫米　1/16
印　张：13.5
字　数：149 千字
版　次：2011 年 6 月　第 1 版
印　次：2011 年 6 月　第 1 次印刷

书　号：ISBN 978-7-5126-0410-0/I·279
定　价：28.00 元
　　　　（版权所属，盗版必究）

目录

目 录

序　言

　　岁月悠悠，时光飞逝，数十载的岁月如云如风，飘然而过，往事依然如烟。

　　回首遥望走过的人生路，充满了遗憾，感叹，忧伤，也有美好的回忆和温婉的情思。

　　生活短暂而漫长，爱情，幸福和快乐就蕴藏在每一个早晨，太阳升起的时刻，也相伴着每一个黄昏与日落。

　　花开花谢，人去人还，为暂时的相聚而欢乐，为长久的分离而叹息，哭泣，这就是人生，人生真实而无奈的过程。

2011 年 2 月 1 日

北京

冬天里的传说

　　很多年来，董雪妮一直在想，也许温特并不是季晓东，他只是一个与季晓东长得相似，又有相同经历的另一个来自中国的年轻人。但是对董雪妮来说，温特是不是季晓东并不重要，因为无论如何，在她的记忆里有一个少年，虽然那少年像冬天里的雪花一样来无影去无踪，而且还给自己留下了一个永远解不开的迷，但是那少年却给过自己一个甜美和热烈的爱，也给自己留下了一段美好的回忆，那回忆就像一个美丽的冬天里的传说。

跳吧，卡萨布兰卡

二〇〇二年的冬天，一个雪花纷飞的下午。董雪妮一个人走在加拿大魁北克市区的一条小街上，这条小街的两旁摆满了色彩缤纷的油画，一幅幅彩色的画在白雪的衬托下好像朵朵绽放的玫瑰花，分外夺目。

这时，一张熟悉的面孔突然映入董雪妮的眼中。那是一个中国男孩子的画像，画中的那个男孩儿此时正望着董雪妮，仿佛也认出了她一样。

男孩儿看上去大约十六七岁的样子，有一张英俊的面孔和一双十分迷人的眼睛，年轻而红润的嘴唇周围可以见到一些淡淡的，很稚气的胡须，他的身上穿着绿色的军装。

那身绿军装并不是现在的美式迷彩服，而是七十年代在中国风迷一时的，专为中国人民解放军陆军配备的国防绿军装。这样的绿军装，在当时的年轻人中十分流行，就像现在最时髦的时装。那时候，这样的一身绿军装好像一纸出身说明书，表明了穿军装的年轻人的父辈们，在军队中的权势和地位。

画中的那个男孩儿仍然固执地望着董雪妮，就像很多年前他们在雪中初次相遇时一样。

一九七四年冬天的一个下午，漫天飞舞的雪花如夏日的浓雾遮住了眼前的一切。

一辆二十二路公共汽车不紧不慢地停在北京西单的车站上，气喘吁吁地摇晃了几下车身，砰地一声打开了车门。这是一辆老式的公共汽车，有前中后三个车门，汽车的前后车厢被一段看上去像是手风琴的风箱一样的带子连接起来，如果在汽车行驶的时候，你正好站在连接前后车厢的那个地段，脚下的圆盘就会带着你转来转去，好像在跳一人或多人的华尔兹一样。

董雪妮从车中间的那个门下了车，因为刚才正好站在车上的"舞池"地段，所以下车以后，她的脚步仍然是轻飘飘的，感觉还在跳舞一样。

董雪妮本不应该在这里下车，她提前下车是为了那些美丽又浪漫的雪花。

"喜欢雪吗？"一个男孩儿的声音从背后传来。董雪妮停住她那不太优美的舞步，寻声望去。就在她转过身的刹那间，一幅美丽的画面出现在她的眼前。

呼啸的北风卷起朵朵洁白的雪花，翩翩起舞的雪花在空中缠绵着交织在一起衬托出一个俊美的少年。那少年的身影在雪中忽隐忽现，好像白雪的化身。几缕阳光穿过云层的缝隙照射下来，这时，那少年的身影也逐渐地清晰起来。那是一个高大俊美的男孩儿，有一副让女孩子们依恋的宽宽的肩膀，身上穿着一套时髦的绿军装，他那张年轻英俊的面孔在阳光下焕发着极诱人的青春魅力，他的眼中跳跃着一种让董雪妮陶醉的，温馨的目光。

董雪妮痴痴地望着那个如梦如幻的少年，她感到一股暖暖的温情在心中流淌，那是在董雪妮十七年的生涯中从未体验过的感觉，那感觉让她感动，让她兴奋,也吞噬和燃烧着她那颗年轻的心。董雪妮觉得自己的心正在冰雪中悄悄地融化，融化进那个少年的宽阔的胸膛里。

"是他！"董雪妮在心中惊叫道。隐藏在她心中的那个男孩儿此刻又出现在她的眼前。

去年冬天，也是一个雪花纷飞的下午，董雪妮放学以后，悠闲地在雪中散步。不经意间，她看见路边有一对身

跳吧，卡萨布兰卡

穿国防绿军装的少男少女骑着自行车在飞雪中迎面而来。那个少男就是眼前的这个美少年，那个少女长得如何董雪妮已经记不清了，或者说那天她根本就没注意那个少女的容貌。董雪妮只是目瞪口呆地望着与自己擦肩而过的美少年，情不自禁地在心中赞叹道："好帅呀！"

思绪万千的董雪妮脸上带着不自觉的极甜美的笑容。她尽力抑制住自己狂乱的心跳，对那个少年说："我认识你，你过来吧！"听了董雪妮的话，那个少年倒显得有些不知所措了。"我喜欢雪。"董雪妮在心中呢喃地说道。

雪花拥抱着两个年轻人，抚摸着两颗年轻的心，董雪妮笑容灿烂地对少年说："我是董雪妮。""我叫季晓东。"美少年也立刻说出了自己的姓名。

"喜欢这幅画儿吗？"一句法语打断了董雪妮的回忆。董雪妮把目光从画上移向那个声音传来的地方。她看见在一幅很大的画儿的后面有一张脸，脸上的那双蓝眼睛这时正一眨一眨地望着自己。如果那双眼睛不眨动的话，董雪妮会以为那又是一幅精美生动的画。

画后面的那个法国人看上去有四十多岁的样子，一头金色飘逸的长发随意地系在脑后，一个看上去在他的脸上十分突出的大鼻子，使他本来就不太宽的脸显得更窄小。当他与董雪妮说话时，握着画笔的那只手仍在不停地画着，好像一个自弹自唱的歌手一样。

"我非常喜欢这幅画儿，是你画的吗？"董雪妮问道。"那一幅是我画的，但是这幅画的作者不是我。"说着，那人干脆放下画笔向董雪妮这边走过来，自我介绍道："我叫彼得，是这个小画摊的老板。""你好，彼得，我叫董雪

妮。"彼得接过董雪妮手中的画儿，端详了一下说："这是我的一个中国朋友画的，他叫温特。这副画儿是他自己的自画像，画的是他年轻时候的样子，很英俊是不是？温特是一个很有才气的画家，只是可惜他走得太早了。"

"他怎么了？他出事了？"董雪妮着急地问道,这时，她突然觉得喘不过气来，心脏仿佛停止了跳动，她听见彼得的声音从很远的地方传来。"温特已经过世了。"彼得低下了头。"请你告诉我究竟发生了什么？"董雪妮带着哭声说。彼得抬起头盯住董雪妮的脸，好像在问为什么。董雪妮伤心地垂下了眼帘。"温特把他的画儿托付给我，他说在这个世界上有一个真正懂得这些画的意思的人，也许有一天她会来到这里。"彼得缓缓地说。"你的朋友温特有没有中国名字？"董雪妮双手紧紧地抓住画像问道。"不知道，温特从来没有告诉过我他的中国名字。"彼得很遗憾地回答。"我可以买下温特的这副画像吗？"董雪妮问彼得。"当然可以。"彼得爽快地回答。"看样子你懂这副画儿，我就把它送给你吧。"彼得说。"不行，我不能拿你的画儿。"董雪妮坚决地说道。"好吧，那就收你半价好了。"彼得很爽快地说道。

董雪妮抱着这幅半买半送的画儿，一个人走回了住所。到家以后，她很小心地把画像挂在卧室的墙上，仔细地端详。努力去辨认这个画上的男孩儿是不是当年的季晓东。

那年的北京是一个多雪的冬天，天气很冷。

董雪妮和季晓东相识以后，他们每天都在一起，在他们彼此心中，对对方的爱恋仿佛要带着他们走向地老天

跳吧，卡萨布兰卡

荒。他们俩人经常手牵着手在雪地上漫步，走过了北京城的很多大街小巷，不觉得冷也不觉得累。

那时，在红色的中国没有什么地方可供年轻人聚会，那个年代的父母们也不许孩子们随便谈情说爱，而且大街上还有许多神出鬼没的工人民兵，他们像幽灵一样，专门盯着来往的少男少女，如果发现男女生在一起过于亲密，他们就会从某处突然跳出来，把那些孩子强行带走训话。

董雪妮和季晓东在一起时，既不能回家也没有什么地方可以去，只能小心地在街上走，走累了，他们就去一个小冰激凌店里吃冰激凌和酸奶。有时他们也去什刹海冰场滑冰。如果有足够的钱，他们也会光顾当时在北京很有名望的莫斯科餐厅。

董雪妮真希望画上的那个男孩儿能亲自开口说出，那年他离开自己以后到底去了哪里？为什么一个人来到加拿大，又把自己永远地留在了这个美丽而寒冷的国家？

那个甜蜜的冬天在两个少男少女的热恋中过去了。当春风吹过大地，花儿盛开的时候，季晓东突然消失了，就像冬天里的雪花一样无声无息地融化在温暖的春风里。

那天晚上，北京下了那个冬天里的最后一场雪。季晓东和董雪妮约好傍晚在北海后门的电车站前相见。像往常一样，董雪妮准时来到车站等候季晓东。可是时间一分一秒地过去了，季晓东一直没有出现，只有漫天飞舞的雪花陪伴着孤零零的董雪妮。董雪妮在雪中等候了很久，最后她才失望地、依依不舍地离去。从那天以后，董雪妮就失去了季晓东的消息。

在季晓东失踪以后，董雪妮几乎找遍了自己和季晓东在那个她认为，只属于他们俩个人的冬天里一起去过的所有地方。当董雪妮伤心之极的时候，她觉得季晓东可能从来就没有存在过，他只不过是一片只有在冬季才会出现的雪花，那在刚刚过去的冬天里发生的一切，也只不过是一个寒冷又美丽的梦。

温暖的春天很快就过去了。紧接而来的炎热的夏季让董雪妮更加思念那个寒冷的冬天。当秋风吹落了满树凄凉的时候，又一个冬天来临了。这时董雪妮几乎已经完全绝望了，她并没有因为冬天的来临而高兴，也不再相信那个美丽的童话。董雪妮努力使自己忘记季晓东，虽然董雪妮知道让自己忘记那个纯情的少年是一件几乎不能做到的事，但是她别无选择。可是就在这时，季晓东又出现了。

那天，天上仍然飘着雪，季晓东依然穿着一身绿军装，披着满身的白雪，远远地向董雪妮走来。像极了神话中的白马王子，正与雪花一起飘然而落。

董雪妮听见自己的心在砰砰地跳动，眼前的景象也逐渐模糊了。她任凭冰凉的雪花落入自己的眼睛。董雪妮觉得自己仿佛又在梦中，在那个她做了不知多少遍的梦里。董雪妮不相信眼前发生的事情，直到季晓东由远而近，最后终于站在自己的面前时，她才从梦中醒来。董雪妮强迫自己睁大一双被雪花冻疼的眼睛，这时，她清楚地看到在自己的面前出现的确实是季晓东，是那个一年来几乎让自己肝肠寸断的少年。董雪妮的眼前依然是那双温馨和迷人的眼睛，依然是两片红润的嘴唇，只是唇上的胡须看上去更黑也更硬了一些。这时,董雪妮看到在季晓东绿军装的

衣领上多了两片红领章，一左一右地衬托着他年轻的面庞。董雪妮明白这两片红领章意味着季晓东已经是一个真正的解放军战士了。

"你到哪里去了？去了这么久！"董雪妮终于打破了沉默。季晓东没有回答，他极温柔地伸手挽住董雪妮，把她轻轻地拉向自己，并替她拿开一缕盖在额上的秀发。季晓东深情地望着董雪妮的眼睛说："雪儿，请你相信我，无论我们分离多久，无论我在何方，我的心永远和你在一起。""雪儿，多么甜密的称呼！！"董雪妮忘记了心中的伤痛，她紧紧地抱住了季晓东。

那天早上，学校的老师告诉董雪妮，有人打电话找她，很紧急的样子。当董雪妮拿起电话时，电话那边传来一个熟悉的声音，但是他只说下午在同一个地方见面，就挂上了电话。

董雪妮知道那是季晓东的声音，是他约自己去他们初次相遇的地方。这么多月以来，董雪妮一直努力去忘记的那个少年在电话中短短的一句话，就已经把董雪妮所做的一切努力化为乌有，使她立刻决定前去赴约。

去年，季晓东离开董雪妮以后，就去部队当了一名解放军战士。在那个雪花纷飞的晚上，季晓东才得知自己的父母已经决定在第二天早上送自己去当兵。那时，虽然不能说这是一个草率的决定，但确实是急匆匆地定下来的。

那天傍晚，季晓东很想去车站再见董雪妮一面，告诉她自己将要离开北京去当兵。但是，因为他的父母不想让他在离开北京之前发生任何事情，所以才不允许他离开家门一步。季晓东为了去见董雪妮几次夺门而出，但是都被他的父母抓了回去。最后，季晓东的父母叫家里的公务员把愤怒到极点的季晓东绑在椅子上才留住了他。窗外大雪纷飞，天色逐渐地暗下来，季晓东知道董雪妮一定会去车站等他，因为她从不失约。不过今天季晓东宁愿董雪妮失约，希望她有事不能出来。但是无论季晓东如何编织董雪妮应该失约的理由，那幅他绝对不愿意看到的景象还是不停地出现在他的眼前：在落日的余晖中，在冰天雪地里，雪花漫天飞舞，一个女孩子孤零零地站在车站上等候自己的心上人，她的脸上挂着泪水，充满了焦急、失望和伤心的神情。天黑了，那个女孩子仍然站在那里久久地不愿离去。想到这里，季晓东哭了，他就像一只被关在笼子里又受了伤的狮子，愤怒却又万般无奈。第二天，季晓东带着心中的爱和伤痛离开了北京，去了辽宁省，那是一个比北京更寒冷的地方，那里是季晓东的父母曾经战斗过的地方。季晓东不知道父母为什么要突然把自己送去当兵，因为他们从来没有解释过。其实在那个年代，在红色的中国，本来就有很多事情不很明白，所以也不必解释什么。

　　春、夏、秋很快地过去了。季晓东一直没有给董雪妮写信，因为他不知道应该如何在信中向她解释这个连自己也不清楚的事情。这次季晓东回来是因为春节将近，他所在部队的领导给了他一个月的假期，让他回北京与父母团聚。

　　一个月很快就过去了，寒假也结束了。董雪妮要回学校上课，季晓东也要离开北京又去当他的大兵了。

　　临走前，季晓东告诉董雪妮："明年我还要回来过春节，还要约你去看雪，还要和你一起在西四小冰淇淋店里吃冰淇淋。"

跳吧，卡萨布兰卡

　　第二天，魁北克下了一场大雪。董雪妮踩着软软的白雪又去了那条被画儿包围的小街。她要去见温特的朋友彼得，她想从彼得那里得到更多有关他的中国朋友的故事。

　　彼得见到董雪妮显得很高兴，连声说着早上好，还请董雪妮到他的画店里坐。

　　彼得的画店不大，店里的墙上和地下到处都摆放着画。董雪妮跟着彼得穿过画丛进了他的小办公室。

　　一杯热咖啡再加上彼得亲切的笑脸，一下子就驱走了董雪妮身上的寒意，让她觉得暖和了许多。

　　彼得从柜子中拿出几幅油画儿，其中的一幅就是董雪妮昨天从这里买走的温特的自画像。彼得把那几幅画儿放在桌子上，他指着其中的一幅画儿说："这幅画儿是温特的最爱，他给这幅画儿起名为《雪中的记忆》。"董雪妮一看到那幅画儿，刹那间，她好像又回到了很久以前，回到了那个多雪的冬天。

　　在这幅画里，温特画了很多的雪，有飘然而下的雪花，也有厚厚的积雪。仔细看还能看到在积雪上有几行脚印，它们大小不同、深浅不一，不难看出那分别是一双男孩子的脚印和一双女孩子的脚印。那两双脚印转来转去、缠缠绵绵地去了远方。

　　彼得说："温特告诉我，这幅只有雪和脚印的画儿记载了他人生中一段最美好的时光。"

　　这幅画儿也像温特的其它作品一样，没有署名也没有年代。彼得说："温特说过，他已经忘记了自己的真实姓名，所以他的画儿才不署名。"在停顿了片刻以后，彼得继续说："下个月在渥太华有一个画展，我想把温特的作品介绍到那个画展去。因为我和他在一起读了几年书，而且我们还是非常要好的朋友。我也很欣赏温特的才华，不愿意把他的作品永远地锁起来，我想让更多爱好艺术的人们认识这个天才的无名画家。"

董雪妮的泪水这时已经浸湿了面庞，她匆匆地站起身，向彼得道过谢以后，就冲进了飘然飞舞的雪花之中。

那年过完春节，季晓东回到部队以后，几乎天天写信给董雪妮。有一次，在他给董雪妮的信中只有一句"千里姻缘一线牵"的诗句和一幅画在信纸上的董雪妮的画像。董雪妮像收藏宝贝似的，把所有季晓东写给自己的信和那幅画儿，小心翼翼地藏在自己的房间里，但是很不幸，她的那些宝贝后来还是被父母发现了，而且全被他们丢到火中烧成了灰烬。董雪妮为此事伤心了很久，很久。

又一年的春节来到了，季晓东如期返回了北京。不同的是，这次在他的绿军装的衣领上少了那一对鲜艳的红领章。

一见面，季晓东就兴奋地告诉董雪妮，他已经从部队复员了，以后再也不必离开北京，离开董雪妮了。当时，季晓东说这话时的表情和笑容，董雪妮至今仍然记忆忧新。

又一个冬天过去了，董雪妮和季晓东一起考进了美术学院。现在，他们终于可以朝夕相处，不必在街上走来走去了。可是，有时当他们坐在学校漂亮的图书馆里，或者是在温暖的宿舍里时，还是常常想起那段因为无处可去，只能在街上或是小冰淇淋店里逗留的寒冷而又甜蜜的时光。

跳吧，卡萨布兰卡

在大学二年级放暑假时，董雪妮和季晓东约好一个星期以后一起去西藏旅行。可是，就在他们即将离开北京之前，季晓东又突然消失了，或者说是又不辞而别了。从那以后，董雪妮再也没有见过季晓东，也没有听到过有关他的任何消息。从此，季晓东成为董雪妮心中的一个梦，一个回忆。季晓东就像雪花一样消失在风中，走的无声无息，没有留下任何痕迹。

雪下得又急又大，片片雪花落在董雪妮的头上、脸上和身上，也落在她身后的脚印上。那些脚印很快就被雪覆盖了，消失在白茫茫的雪海之中。

后来彼得告诉董雪妮，很多年以前，在大学读书时，他第一次见到了温特。那时，温特刚刚来到加拿大。温特说，他要永远地住在魁北克，因为他喜欢魁北克的雪。

温特病逝之前对彼得说："我很想回到中国去，因为在那里有一个像我的生命一样宝贵的女孩儿。"

一切就这样无声无息地结束了。但是董雪妮和季晓东在分别多年以后，终于又相遇了，而且仍然相遇在雪中。董雪妮还记得季晓东第一次见到自己时说的那句话，"喜欢雪吗？"

失去了往日的浪漫的雪花静静地飘落。董雪妮和彼得默默地站在温特的墓前。董雪妮轻轻地抚去墓碑上一层白白的积雪，放上一束洁白的茉莉。温特的墓碑上刻着"挚友温特逝于一九九四年，享年三十六岁"。墓碑上有一张温特的照片，还是那样英俊的相貌，仍然是那双温馨和迷人的眼睛，只是照片上的温特看上去比自己记忆中的季晓东成熟了许多。墓碑冷酷的灰色调令董雪妮的心在颤抖，她抚摸着温特冰凉的面孔，默默地说："雪儿来了，来看你了。"

雪花温柔地抚摩着董雪妮，温特的墓碑很快又被白雪覆盖上了。

很多年来，董雪妮一直在想，也许温特并不是季晓东，他只是一个与季晓东长得相似，又有相同经历的另一个来自中国的年轻人。但是对董雪妮来说，温特是不是季晓东并不重要，因为无论如何，在她的记忆里有一个少年，虽然那少年像冬天里的雪花一样来无影去无踪，而且还给自己留下了一个永远解不开的迷，但是那少年却给过自己一个甜美和热烈的爱，也给自己留下了一段美好的回忆，那回忆就像一个美丽的冬天里的传说。

蓝色的爱

　　迪伦喜欢大海，更视太平洋为自己的故乡。他曾经说过："我要永远生活在夏威夷，生活在太平洋中，与大海在一起。"迪伦也说过："也许前世我是一条鲸鱼，因为我对鲸鱼有一种特殊的感情，一种像乡愁般的依恋之情。"迪伦可以一整天坐在海边只为看鲸鱼，见到了鲸鱼就像见到了家人一样。迪伦还说过："我下辈子或许又会做回一条鲸鱼，在太平洋里自由自在地遨游。"

　　也许迪伦真的说对了。他前世是一条鲸鱼，后来跑来做了人，最后又回到大海里去了，带着一颗无比爱他的女人的心。

跳吧，卡萨布兰卡

那条头上有一块白色斑点的鲸鱼又出现了，又独自离开鲸鱼群向岸边游来，向阳洋这边游来，直到它不得不停下来为止，因为它已经游到了对鲸鱼来说十分危险的潜水水域的边缘。

坐在晒台上的阳洋急忙抓起身边的望远镜，立刻，她又见到了那双熟悉的眼睛，那条鲸鱼的眼睛。

自从迪伦出事以后，这条鲸鱼就开始出现。每天早晚两次，早上是在太阳升起的时候，晚上是在夕阳落去之前。仿佛它想要伴随阳洋进入梦乡，也要相伴她度过每一天。

阳洋记得她和迪伦结婚的那天，在沙滩上，迪伦望着远处的鲸鱼群说过："如果有一天我走了，就是去做一条太平洋里的鲸鱼了。"结婚三年以后迪伦真的走了，他走得如此匆忙，竟没有留下一句告别的话。

迪伦出事以后不久，阳洋就从夏威夷的火奴鲁鲁，那个她与迪伦相识、相爱和结婚后一起生活了三年的地方，搬到了位于茂夷岛上的这个海边小屋，为的是每天都可以更清楚地看见鲸鱼，看见她的迪伦。

那条鲸鱼仍然望着阳洋，久久地不愿离去。直到夕阳西下，它才不得已随着鲸鱼群游向更深的大海。

位于太平洋之中，充满阳光的夏威夷是由大小不同的众多岛屿组成的。夏威夷大岛上的火山是地球上最活跃的火山之一。平时来自地壳中的岩浆就像泉水一样不断地涌出地面，炙热的岩浆像一条条小溪缓缓地流淌，流进大海。有人形容夏威夷是地球的肚脐，因为在那里，海底的地壳非常薄弱，随着地球的不停的运动，地壳稍受挤压，便会形成这里的火山爆发。流入海中的大量岩浆冷却后就形成了高低不平的新的海底陆地。当海水冲向岛屿经过这片凹凸不平的海底时，便形成了夏威夷特有的海浪。

阳洋驾驶着一辆敞篷吉普车，穿着短裤和背心，披着一身灿烂的阳光又回到了美国海军基地的哨卡，她今天已经是第三次来到这里了。其实，阳洋想要去的地方是美国海军基地那边不属于海军基地的海滩，但是因为不熟悉这里的道路，所以，每次她都错过了应去的高速公路的出口，每次又都来到了这个不应该来的美军驻扎的海军基地。

如果不熟悉夏威夷的高速公路，这种事是经常发生的，因为那里的高速公路上的路牌给司机的提示总是比别的地方晚一些，也就是说当司机们看见路牌的时候，如果不是刚好在最右边的线上行使，要想在高速中，在短距离内横穿过公路赶向那个出口是不大可能的，所以常常让司机误入歧途，去了不该去的地方。但是一个人在一天中错过一次还有情可原，如果连续错三次就不容易解释了。

阳洋自己都觉得很懊恼，而且又担心美国海军基地的哨兵把自己当做中国来的间谍看待。前两次到这里时，她已经解释过为什么会来到这里的那个理由，这次阳洋不知道美国哨兵们会不会再相信她的那个简单又愚蠢的理由。
再一次被哨兵叫来的那个年轻的海军军官仍然带着一脸友善的笑容向阳洋这边走来，他脸上的笑容立刻化解了

阳洋心中的疑虑，也让她高高悬挂着的心恢复了平静。

"小姐，再次见到你仍然很高兴！是不是又走错了路？"年轻的海军军官笑眯眯地问披着一身阳光和散发着海水味道的阳洋。阳洋也立刻换上一付比阳光还要灿烂的笑容说："对不起，我又回来了。但是这不能全怪我，是那条路有点儿问题，它总是带我来到这里。""别担心，这种事常发生，但是在一天里连续三次来到这里的人确实不多，看来你需要帮助，不然的话也许很快你又会回来了。"

这个年轻的海军军官是一个健壮的被太阳晒成深棕色的年轻人，帽檐下的阴影里，一双深澈无底的蓝眼睛好像太平洋里的水一样蓝，笔挺的鼻子像雕象一样完美，薄薄的嘴唇上的胡须刮得干干净净，两个好看的嘴角上这时挂满了亲切、可爱的笑容。

"我可不可以开车带你去你要去的那个海滩？"年轻的海军军官和蔼可亲地问阳洋。前两次来这里时，阳洋已经告诉过他自己要去的那个海滩，所以他知道。

阳洋欣然接受了这个请求，因为她知道如果没有别人的帮助，今天在天黑以前她可能就很难到达自己想要去的那个海滩了。

年轻的海军军官伸手过来说："我叫迪伦，是海浪之神的意思。"阳洋握住迪伦伸过来的手说："我叫阳洋，是阳光和快乐的意思。""这个名字很适合你。"边说迪伦边紧紧地握住了阳洋的手，阳洋感到从迪伦握住自己的那只手上传来一股无名的暖流，这股暖流瞬间就到达了自己的心底，让阳洋觉得心里热热的。

跟着迪伦的军用吉普车，阳洋很快就到了自己想要去的那个海滩。"阳洋，你为什么一定要来这个海滩？难道你不知道在夏威夷有很多美丽的海滩吗?"迪伦问道。"我在夏威夷大学读书,我到这里来是为了了解这里海水的情况,因为我想知道为什么鲸鱼群常常游到这里来。"阳洋回答。"我也非常喜欢大海,等退役以后,我也想去研究大海。"迪伦边说边上了自己的车,临走前他又对阳洋说道:"阳洋,有时间请你到我们的海军俱乐部来玩。好吗?"好啊,有时间我一定到那里去拜访你。"阳洋笑咪咪地回答。

迪伦因为公务不能陪阳洋太久,开车先回去了。阳洋这时也迫不及待地向大海奔去。

第二天,阳洋就接到了迪伦打来的电话,约她星期六晚上去他们的海军俱乐部参加周末舞会。阳洋不加思索地就答应了,因为这时她也在想念迪伦。

爱情是一个让人琢磨不透的感觉。如果你去认真地寻找,可能永远也找不到。但是有时爱情又会在你豪无准备之时突然降临,给你一个惊喜。

迪伦就是夏威夷送给阳洋的礼物,他来得那么突然又那么合意。

美丽的夏威夷一年四季都充满了阳光,这时正是四月,是一个美丽的季节。

阳洋身着一袭彩裙来到海军俱乐部。长长的黑发自然地飘在肩上。大大的眼睛上有一抹海蓝色的眼影,显得青春亮丽。

迪伦见到阳洋很高兴,并介绍自己的两个知心朋友给阳洋,一个朋友是汤姆,他与迪伦一起从加利弗尼亚来到

跳吧，卡萨布兰卡

夏威夷服役，迪伦的另一个朋友是本岛居民的后代依恩。

那天阳洋和迪伦他们一起一直玩到深夜，才依依不舍
地离开。

迪伦喜欢大海，更视太平洋为自己的故乡。他曾经说
过："我要永远生活在夏威夷，生活在太平洋中，与大海
在一起。"迪伦也说过："也许前世我是一条鲸鱼，因为
我对鲸鱼有一种特殊的感情，一种像乡愁般的依恋之
情。"迪伦可以一整天坐在海边只为看鲸鱼，见到了鲸鱼
就像见到了家人一样。迪伦还说过："我下辈子或许又
会做回一条鲸鱼，在太平洋里自由自在地遨游。"

也许迪伦真的说对了。他前世是一条鲸鱼，后来跑来
做了人，最后又回到大海里去了，带着一颗无比爱他的女
人的心。

有一次阳洋对迪伦说："也许我也是鲸鱼变的，不然
为什么我也那么爱大海。"迪伦说："阳洋，你不是鲸鱼，
你应该是一条美人鱼，一条会在海中唱歌的美人鱼，一条
喜欢跟随鲸鱼游荡的美人鱼。"

阳洋想到这里笑了，眼里含着泪花。
这时,天已经完全黑下来了。海边传来哗哗的海浪声。
一颗迫不急待地来到地球上的流星突然划过初到的夜空。

相爱了一年以后，迪伦和阳洋结婚了。婚礼是在他们
第一次约会的海军俱乐部旁边的小教堂里举行的。他们只

请了几个最要好的朋友参加，其中当然有迪伦的知心好友汤姆和依恩。简单热闹的婚礼后，迪伦与阳洋一起来到位于海军基地里的新家，他们在自己新家外面的海滩上，伴着满天的星光和温馨的海浪度过了一个浪漫的夜晚。

结婚以后不久，阳洋也读完了她的研究课程，留在夏威夷大学任教。这时迪伦也被提升为舰长，他常常随军舰远航。每次远航回来，迪伦都急忙奔回他和阳洋的家，寻找他的美人鱼。那时，不论阳洋在哪里，迪伦都能准确地知道她的位置。阳洋也能凭脚步声，凭感觉，甚至凭迪伦身上的气味知道迪伦回来了。每当这时，他们都会远远地向对方奔去。海风中，阳洋身后高高飘起的长发和长裙就像胀满风的风帆。迪伦总是边跑边张开一双健壮的臂膀，迎向阳洋。三年中，这幅画面经常出现在海滩上，每次都让阳洋深深地感受到迪伦对自己的那种近似永恒的爱。这是阳洋最幸福的时刻。每当此时她都在心中默默地感谢大海送给自己迪伦和他的热烈的爱。

迪伦不去远航时，晚上他会与阳洋一起坐在海滩上，一块餐布，一瓶葡萄酒，两人对饮至深夜。夜空下，他们相互依偎在一起看月亮，看流星。每当有流星划过夜空，迪伦都会闭上双眼默默地许愿。当阳洋想知道迪伦对流星说了什么的时候，迪伦总是笑而不答。以后再看见流星时，阳洋也跟着迪伦一起许愿。她许的愿是："请求大海让迪伦永远留在自己的身边。"

海浪声中，阳洋仍然孤独地坐在漆黑的晒台上，她对着那颗即将落入太平洋里的流星默默地许了一个愿。这次

跳吧，卡萨布兰卡

她对流星说："请让迪伦在海中做一条最快乐的鲸鱼。"

那天晚上，阳洋仿佛又在迪伦的怀抱中甜甜地睡着了。

上完那天唯一的一堂课后，阳洋早早地回到了自己那个位于山坡上的望海小屋。还在山下，她就看见汤姆和依恩在家门口等她。依恩一见到阳洋的车开上来，就不停地**挥舞**着手中的海军帽，嘴里还大声地喊着什么。阳洋急忙加快车速来到依恩他们的车旁。依恩急急地说："我们找到了迪伦出事时穿的军上衣。"阳洋听了急忙问道："在哪里找到的？迪伦的军上衣现在在哪里？""在岸边的岩石中找到的，被海浪卷上来的。"汤姆回答。

迪伦已经走了快三个月了。在迪伦最后的一次航行中，他不幸被一条突然崩断的缆绳击中沉入了大海。没有人知道他去了哪里。现在大海终于送来了迪伦的消息。

迪伦走的那天，阳洋正好在沙滩上，她看见鲸鱼群不安地在水中跃上跃下。从那以后，阳洋就再也没有见到过迪伦，再也没有见过那个张开一双有力的臂膀，迫不及待地向自己奔来的迪伦。后来她就得到了那个让自己昏睡了几天几夜的噩耗。

坐上汤姆和依恩的车，阳洋随他们去了海军基地。迪伦的军上衣就放在他生前用过的办公桌上。经过海水的长期浸泡衣服已经破烂不堪，但是就在这几乎不成形的衣服里面的一个小口袋里，阳洋找到了一个小金属盒，里面有一张阳洋的照片。

这个放照片的银色的小盒子是迪伦和阳洋相识后不久，他们一起在海边卖纪念品的小店里买来的。自从放进了阳洋的照片以后，迪伦就总是把它带在身上。如今迪伦去了，仁慈的大海不忍心让阳洋过分悲伤，送回了迪伦的衣服，也捎来了迪伦对阳洋的刻骨铭心的爱。

阳洋从小盒子里拿出自己的照片。照片上是像阳光般美丽，带着海鸟般快乐的笑容的阳洋。照片的后面写着："请大海让我和阳洋永远在一起，永不分离！"阳洋明白了，这句话也是迪伦每次对着流星许的愿。

阳洋仍然记得从前当迪伦休假时，他们经常一起去珍珠港。在那里，他们总是默默地望着沉没在海底，隐约可见的黑黑的沉船。每次离开时，他们俩人从心里都会感到一股莫名的忧伤。

阳洋带着迪伦的小盒子，急急地回到了她的海边小屋，因为这时天已经接近黄昏十分，阳洋不想错过这个黄昏前的时刻，不想错过与迪伦的相会。三个多月以来，在每个黄昏和黎明的时刻，阳洋都会对着海中的鲸鱼诉说她对迪伦的思念和她对迪伦的深深的爱，也听迪伦一遍又一遍地讲那个美丽又短暂的爱情故事。

今天阳洋拿回了迪伦生前的遗物，也带回了迪伦那颗爱她的心。今晚，阳洋要告诉迪伦，无论他去了哪里，去了多远，她都不再伤心了，因为迪伦已经带走了自己对他的爱，也带走了自己爱迪伦的那颗心。

漾起白色巨浪的海水一次又一次地冲向海滩。迪伦、

跳吧，卡萨布兰卡

汤姆和依恩也一次一次地冲上浪尖，又一次次地跌入浪谷。他们开心地大吼着，吼声几乎压倒了海的咆哮。远远望去，他们三个人就像是骑在白色烈马上，挥舞着长剑的三剑客。

阳洋坐在沙滩上，穿着比基尼泳装。阳光色彩的健康肌肤上闪着海水蒸发后留下的白色盐粒带来的银色光芒。一付大大的太阳眼镜罩在她的眼睛上，一顶白色的太阳帽低低地压在她的额头上。阳洋这时正透过深色的太阳镜，望着像三只海鸟一样在海浪中忽高忽低地飞翔着的迪伦他们。

这是一个星期天的下午，像往常一样，阳洋和迪伦，还有迪伦的两个好朋友一起来这里冲浪。阳洋是一个游泳好手，但却不会冲浪。有时迪伦会把阳洋放在自己的冲浪板上，带着她一起冲浪。每当他们从一个浪尖落入水中时，迪伦的手就会更紧地抱住阳洋，好像怕她被海水从自己身边带走一样。而这时，阳洋的手也总是紧紧地抓住迪伦，怕他突然化为泡沫，消失在浪花中。

隔着一层太阳镜片，在一片深蓝色的世界里，阳洋觉得迪伦忽然不见了，他就像溶化在海水中一样变成了一朵浪花。阳洋赶紧摘下太阳镜，想看清楚迪伦到底在哪里。突然间，一股强烈的阳光涌进了阳洋的眼睛，霎那间，她眼前的一切都变成了金黄色，可是，在金色的海水中仍然不见迪伦的身影。阳洋即担心又着急，她站起身不顾一切地向大海奔去，嘴里大声呼唤着迪伦。

在远处的大海中，一群鲸鱼忽隐忽现伴随着朵朵浪花向阳洋这边游来。阳洋来不及多想立刻跑出房门，赤着双脚飞快地向海边奔去。她身后的白色长裙像一张胀满风的风帆。她面前的一排排白色的海浪，像极了迪伦的那双健壮的臂膀。阳洋用劲全力更快地向大海奔去，向她的迪伦跑去，她要扑进迪伦的怀抱，她想让迪伦给自己一个永恒的吻。阳洋的手里紧紧地握着迪伦的小盒子，好像握着迪伦的手一样。

阳洋终于扑进了迪伦的怀抱，迪伦也用湿湿的双臂紧紧地抱住了阳洋。这时,阳洋觉得自己真的变成了一条美人鱼，一条会唱歌的美人鱼，一条喜欢跟随鲸鱼四处游荡的美人鱼。

她跟着迪伦回到了他们在太平洋里的温暖的家。

少年军官

　　来自加拿大纽宾士域省一个非常富有家庭的米切尔，当年进军事学院的原因是为了不用付学费。谁也不会相信这个父亲拥有几条大鱼船，每年收入上百万的渔民的儿子，是为了不用付学费才选择了军事学院。

　　多年以后，在加拿大皇家军事学院的毕业典礼上再见到米切尔时，他已经是一个少年军官了。但那时他的相貌还是像多年以前我第一次见到他时一样清秀，可是身材高大健壮了许多。漂亮的皇家军装掩盖不住他刚刚成熟的、呼之欲出的、男子汉的魅力。

跳吧，卡萨布兰卡

　　来自加拿大纽宾士域省一个非常富有家庭的米切尔，当年进军事学院的原因是为了不用付学费。谁也不会相信这个父亲拥有几条大鱼船，每年收入上百万的渔民的儿子，是为了不用付学费才选择了军事学院。

　　其实，当年米切尔的志愿是进入在蒙特利尔的赫赫有名的麦基尔大学。但是最终米切尔还是选择了免费的加拿大皇家军事学院，而且带着一个可以进入哈佛大学的高分。

　　多年以后，在加拿大皇家军事学院的毕业典礼上再见到米切尔时，他已经是一个少年军官了。但那时他的相貌还是像多年以前我第一次见到他时一样清秀，可是身材高大健壮了许多。漂亮的皇家军装掩盖不住他刚刚成熟的、呼之欲出的、男子汉的魅力。

　　第一次见到米切尔是在他十六岁时。那年夏天，我在加拿大的纽宾士域省一个叫做布兰查得的，居民全都讲法语的小渔村里度假，住在好友麦堂纳的家中。米切尔是麦堂纳的小弟弟，那时他也正好放暑假在家。当时米切尔在蒙特利尔就读一所私立高中，平时是不在家的。

　　一天下午，我正与朋友麦堂纳在他家漂亮的花园里，坐在轻轻摇荡的秋千上，天南地北地闲聊时，只见一个少年骑着一辆蓝色的摩托车一下子冲进了花园。摩托车倒在被撞开的木篱笆的缺口处，人却摔在远远的长满刺的玫瑰花丛中。紧接着是几声哀叫，伴随着逐渐熄灭的摩托车的马达声。

　　我和麦堂纳像刚才冲进来的米切尔一样飞快地冲向玫

瑰花丛。一人一边把像要被送进屠宰场的火鸡一样不停地嚎叫着的米切尔从玫瑰花丛中拔出来。但是他还没有站稳就一把推开我们的手，结果又重重地摔在地上。当然又引来几声刺耳的叫声。

昨天我驾车从多伦多到这里时天已经黑了，所以没有见到麦堂纳的这个可爱的也是唯一的小弟弟。后来听说他从昨晚就没有回家，直到一头栽进玫瑰花园里。

我和他的大哥麦堂纳又一次把像刺猬一样满身是刺的米切尔扶起来。这时我见到的是一个龇牙咧嘴、满身满脸是血的、丑陋的米切尔。

就在这个时候，麦堂纳的母亲，当然也是米切尔的母亲苏珊娜突然从房中冲了出来，也似那辆刚刚闯进花园的摩托车的速度。苏珊娜冲到米切尔面前不由分说一巴掌打在米切尔的屁股上，又引来一声更刺耳的尖叫。一定是苏珊娜的那一巴掌把玫瑰花刺更深地刺进了米切尔的屁股里。

苏珊娜是一个年近六十岁的胖胖的法国女人。人长得还算漂亮，也有一双又大又蓝的眼睛。麦堂纳没有遗传到他母亲的蓝眼睛。他眼睛的颜色是浅棕色的，很像他的父亲路易。但是麦堂纳和米切尔都有像父亲一样高大的身材，只是没有父亲那般健壮。

他们的父亲路易总是跟着他的几条大鱼船出海，平时很少在家，即使是在人人都休假的夏天里也是一样。

麦堂纳告诉我，当他的父亲不在家时，米切尔就像一匹小野马谁的话也不听。麦堂纳虽然是长子又是米切尔的大哥，但是他也不能制服米切尔这匹小马驹。何况麦堂纳的兴趣只在绘画上，并不想替代父亲做家长。而且麦堂纳也是一个独身主义者，从来没有结婚的打算，更别提做一个责任重大的父亲了。

虽然麦堂纳和米切尔的年龄相差较远，他们从小很少一起玩耍，但是麦堂纳还是很喜欢这个顽皮的小弟弟。那一年麦堂纳三十六岁，而米切尔才十六岁。

第二天再见到米切尔时，他已经不再龇牙咧嘴，也没有血腥味了，变成了一个十分英俊的美少年。只是在他的脸上还有一些擦伤的痕迹。他的那双很像苏珊娜的蓝眼睛比苏珊娜的更漂亮，嘴唇也红润得像个女孩一样。只有他的奇怪的发型和耳朵上的耳环提醒我，他就是昨天那个丑刺猬。

我见到米切尔时，他正一个人在厨房里吃早餐。像所有加拿大的少年一样，他吃的是一大碗泡在牛奶里的，形状稀奇古怪的麦片。其实他安静地坐在那里吃早餐的样子还是挺可爱的。

"早上好，米切尔。"我和他打着招呼。

"早上好，妮歌。"米切尔微微一笑说。

"你的伤好些了吗?"我问他。

"好多了，其实也没有什么伤。"米切尔说。还是一副微笑的模样。

我给自己到了一杯咖啡，然后坐在米切尔的对面，隔着桌子又对米切尔说："以后开车要小心，你昨天吓坏了苏珊娜和我们。"

在麦堂纳的家里，孩子们不叫爸爸也不叫妈妈，他们总是只呼父母的姓名，所以我也入乡随俗。

"苏珊娜总是大惊小怪，她的一巴掌打得比我摔得还疼。"米切尔愤愤地说，当他说话的时候也没有忘记往嘴里送一勺麦片。

"真是不可救药。"我边想边站起身走到花园里去。

早晨的花园里略有一丝凉意。我深深地呼吸着清凉又新鲜的空气。这时在我的身后突然传来一声巨响，打破了早晨的宁静，也带来一股臭臭的汽油味。

我转身一看，米切尔已经骑在了他的摩托车上，又从昨天他进来的那个篱笆上的缺口冲了出去。只留下了一股清烟和一个刚从车上掉下来的不知属于摩托车哪个部位上的零件。

再一次见到米切尔是两年以后了。有一天麦堂纳带着他参加我家的烧烤晚宴。那天晚上来了很多人，都是很要好的朋友。麦堂纳和米切尔是最后到的，因为他们住的最远。他们要从加拿大的东海岸赶到在南部的多伦多来。

最后一阵敲门声传来时，我对朋友们说："这一定是麦堂纳了，我去开门。"我从后花园跑到前门，打开门一看，不仅见到了很久没见面的麦堂纳，而且还有一个十分英俊的大男孩。

几声问候的话以后，麦堂纳问我："妮歌，你还记得我的这个小弟弟米切尔吗？"

我又打量了一下那个英俊的少年，然后说："当然记得，不就是那个爱骑摩托车的小刺猬吗！"说完我们都笑了。

这时的米切尔与以前那个放荡不羁的少年已经大不一样了。他的耳环没有了，浅黄色的头发也修剪得整整齐齐。但面庞仍然清秀，嘴唇也还是红润得像个女孩。他的一双明亮的海蓝色的眼睛这时正大大方方地望着我，完全像一个成熟的男子汉。那年，他应该是十八岁。

米切尔告诉我他已经高中毕业了，九月份就要进入在肯斯顿市的皇家军事学院读书。

肯斯顿离多伦多并不远，只有两个多小时的路程。米切尔跟麦堂纳一起来多伦多也是为了顺便去看一看自己即将就读的学校。

那天米切尔还告诉我，进皇家军事学院并不难，只要有中上等的成绩，再能做十九个俯卧撑和十九个仰卧起坐就可以了。据他说，学院的考官们认为如果现在能做十九个俯卧撑和十九个仰卧起坐，将来经过训练就能做一百个。而当你能做到一百个的时候，也就是一个非常强壮和一个合格的军官了。当然如果不能做十九个俯卧撑和十九个仰卧起坐就不能进入皇家军事学院，即使有高于中上等的学习成绩也不行。因为上军事学院的学生将来不仅要学习还要接受艰苦的训练，如果没有好的身体素质就不能适应军事学院的生活，更不能成为军官。

米切尔进入皇家军事学院的学习成绩是优秀，他完全可以去更有名气的大学。但是他说，如果去那些大学读书就要付学费，而上军事学院则费用全免，还包吃、穿、住。而且因为他的成绩好，学院还发给他奖学金。

我曾经问他："米切尔，你很在乎钱还是真的喜欢上军事学院？"他说："我不想用路易和苏珊娜的钱读书。而且我也想做一名神气的皇家军官，穿漂亮的军服。"这就是当初米切尔选择军事学院的简单又孩子气的理由。

那年九月，米切尔进入了他盼望已久的皇家军事学院。对从小就离家读书的他来说，学院的住宿生活一点儿也不陌生。就在有些男孩子仍在想家，不能适应住宿生活的时候，米切尔已经开始学习去做一名军官了。

　　米切尔的哥哥麦堂纳经常向我提到他的这个准皇家军官的弟弟："米切尔考试得了第一。""米切尔已经能做五十个俯卧撑和五十个仰卧起坐了。""米切尔又长高了一公分，体重也增加了许多。"等等。

　　有时米切尔也从学院打电话给我，讲一些他在学院的学习和生活情况。因为他的学院离多伦多不远，有时在周末我也去学院看他或接他到多伦多家里来玩。

　　那时米切尔的同学中很多人都有了自己的汽车。但是米切尔没有车，因为他不愿意用他爸爸的钱给自己买车。

　　米切尔学习很刻苦，成绩总是保持在前几名，是一个很优秀的学生。可是有一次当我从学院接他到我家后，发现他不太开心。于是我就问他："米切尔，什么事让你不开心？"米切尔回答："这个星期我们学院挑选飞行员，我没有被选上。因为我的个子太高不适合开战斗机。"听后我便安慰他说："不开飞机也好，不然将来真有仗打时不是很危险吗？"米切尔听了我的话以后，用一个奇怪的眼神看了我一眼，好像是说："你在说什么？危险不危险我不怕，我就是想要开飞机。"米切尔的这个眼神使我想起了那年初次见到他时的样子。于是我在心里嘀咕道："要是你开飞机开成当年开摩托车的样子，还是不开的好。"米切尔这时又对我说："我想开飞机并不是为了好玩儿，而是因为当一个飞行员是我从小就有的理想。"说这话时，他脸上的表情非常认真，使我不得不承认，眼前的这个米切尔已经不再是当年那个骑摩托车的猛撞少年了。

跳吧，卡萨布兰卡

没有当上飞行员，米切尔开始考虑将来学什么了。不久，有一天米切尔突然打电话来问我："妮歌，你觉得我读工商管理课程怎么样？"我在电话这边反问他："为什么突然想读那个课程？你们军事学院也有工商管理专业读吗？"在回答米切尔的问题之前，我先问了他两个问题。米切尔在电话那边回答："我们军事学院也有工商管理课程。我觉得既然不能开飞机还不如去学做生意。"听了米切尔的回答，我觉得有点儿奇怪，心想："开飞机和做生意怎么又让这个米切尔给联系起来了，还认为不是这个就不如那个。"于是我又问电话那边的米切尔："米切尔，从前你不是很想当军官吗？可是读商科将来大概是要做老板的呀。"米切尔在电话那边急忙解释道："我们教官说了，读完工商管理课程，将来可以留下来服役，也可以离开军队，完全由我们自己决定。而且学了这个专业以后，说不定将来我可以挣很多的钱呢。""原来是这样，米切尔当初进这个学院是为了不用交钱，现在选择这个专业是为了将来能多挣钱。"想到这里我便对电话那边的米切尔说："很好哇！学习时免费，毕业后能多挣钱。很好！很好！就学这个专业啦！"米切尔听了以后，高兴地谢了我，就去读那个将来能挣高薪的学位了。

后来麦堂纳告诉我，米切尔也问过他同样的问题，而他的回答竟与我的完全一致。米切尔一共问过两个人，一个是他信任的哥哥，另一个也是他信任的，但是与他毫不相干的我。就这样麦堂纳和我决定了米切尔的未来。

自从读了这个将来能挣很多钱的工商管理课程后，米切尔常常挂在嘴边的不再是飞机，而是今天股票如何，明

少 年 军 官

年经济如何，将来在纽约华尔街工作时又如何。而我们也经常问他一些经济方面的问题，就像请教一个经济专家。有一次，我甚至问米切尔："如果明年我卖掉房子会不会有钱赚?"问过之后，我自己都觉得可笑。

总之，米切尔读了工商管理课程以后，大家在一起时的话题总是离不开钱。终于有一天，我们都厌烦了这个话题，于是大家又都开始更多地关心米切尔的学习和生活了。

在米切尔毕业的前一年，他们学院有一个远航训练课程。听说他们要从温哥华启程，在太平洋上训练两三个月才回来。训练后，如果一切顺利的话，米切尔就可以毕业了。毕业以后，他可以去做一名"神气"的皇家军官，也可以选择去华尔街上的某个金融公司工作。将来说不定能当个公司总裁什么的。

远航训练回来以后的第二年，米切尔以极其优异的成绩从皇家军事学院毕业了，就像当年他以极其优异的成绩进去一样。

我和麦堂纳一起参加了米切尔的毕业典礼。那时，米切尔已经长得比他的哥哥麦堂纳还要高了，也比哥哥健壮许多。这也应该算是米切尔上军事学院的又一个收获吧。在米切尔的毕业典礼上，我也见到了米切尔的女朋友玛吉，一个漂亮的法国女孩。玛吉来自法国巴黎，就读于也在肯斯顿的皇后大学。玛吉读文学专业，还有一年也要毕业了。她的志愿是当一名教师或者是作家。玛吉有一双碧绿色的眼睛和一头长长的黑发。第一眼看到她的绿眼睛时，我不由地想："如果她真的与米切尔结婚的话，将来他们的小孩会不会长有一只爸爸的蓝眼睛和一只妈妈的绿眼睛呢?"

毕业典礼后，我和麦堂纳一起送了米切尔一辆摩托车，也是蓝色的，就和他十六岁时骑得那辆一样。麦堂纳告诉过我，米切尔的那辆旧摩托车，在他十六岁时的那年夏天，就已经被撞成一堆废铁了。我们送米切尔的这辆崭新的摩托车当然比那辆旧的要漂亮许多，车身上还有我的签名和麦堂纳的画儿,画的是穿着军装的,英俊的少年军官米切尔。

毕业以后，米切尔并没有急着去华尔街挣钱。他留在了皇家军队服役，当了一名真正的皇家军官。

去年当我在外度假时，麦堂纳打电话告诉我："米切尔已经随加拿大的军队去了海湾。他走时让我代他向你问好。还说等他回来以后，我们大家再相聚。"

我很高兴听到了米切尔的消息。也为当年那个只知猛撞驾驶摩托车的放荡少年终于成为一名军官而骄傲。

无忧岁月

　　女孩子有一张圆圆的脸庞，小巧的下巴和弧度优美的颈项，两条短短的辫子翘在她的耳边，使她看上去更孩子气。可是，她那双漂亮的大眼睛里却明明闪耀着十六岁少女才有的甜美和柔情。女孩儿身穿一身深蓝色的套装，可这身几乎对任何年龄的女人都适合的衣服，并不能掩盖少女呼之欲出的青春魅力。女孩儿的脸上充满甜蜜的笑容，看上去好像一只快乐的小鸟儿。

跳吧，卡萨布兰卡

在张娓娓、鲁铁军和萧暄暄他们还是十几岁的孩子时，北京城到处充满灿烂的阳光。那时，在他们的眼里，这个阳光中的世界既明亮又温馨，也洁净得好似一尘不染。在这个阳光下的世界里，总是春风荡漾，就连空气中都漂浮着自由和快乐。那时，张娓娓、鲁铁军和萧暄暄经常骑着自行车在京城里，在阳光下到处玩耍，位于故宫护城河边的那条林荫路是他们最常去的地方。

海蓝色的天空下，明媚的阳光里，微风扑面，路两边绿色的柳枝在风中飘荡。在路的这边，柳树的后面，可以见到红墙绿瓦围绕的景山公园，在路的那一边，是高耸的故宫城墙和巍峨的皇家城楼，护城河的水在静静地流淌着，折射出片片金色的阳光。

一个女孩子和两个男孩子骑着自行车远远地从护城河畔的林荫路上迎面而来。

女孩子有一张圆圆的脸庞，小巧的下巴和弧度优美的颈项，两条短短的辫子翘在她的耳边，使她看上去更孩子气。可是，她那双漂亮的大眼睛里却明明闪耀着十六岁少女才有的甜美和柔情。女孩儿身穿一身深蓝色的套装，可这身几乎对任何年龄的女人都适合的衣服，并不能掩盖少女呼之欲出的青春魅力。女孩儿的脸上充满甜蜜的笑容，看上去好像一只快乐的小鸟儿。

在女孩儿左边骑车的那个男孩儿是鲁铁军，一个十七岁的少年，人长得不是很英俊，皮肤看上去也黑黑的，但是，他高高的身材给他加了不少分。一身绿军装穿在他高大匀称的身上显得很潇洒，也透露着一些男子汉的风度。他这时一只手放在裤袋里，一只手扶着自行车的车把，正在聚精会神地倾听身边的女孩儿谈笑，脸上带着平静的表情，在他的嘴边能见到淡淡的笑容。

在女孩儿右边骑车的那个男孩儿是萧暄暄，只有十五岁，人长得十分俊美，身材适中，他身穿一条质地很好的灰色长裤和一件同样面料的白色上衣，在他的白色上衣的口袋里露出一条宝石蓝丝绸手帕的一角，他的这个打扮在七十年代的中国是十分少见的，不要说小孩子，就连成年人也不会穿成这个样子，但是，这身衣服穿在他的身上还挺顺眼，颇有几分在那个年代十分少见的贵族气。

天很蓝，树很绿，少年们的青春在阳光下燃烧，几乎融化了拥抱着他们的古城美景。

那时，张娓娓、鲁铁军和萧暄暄也经常在林荫路旁的军委礼堂前面停留，坐在礼堂前的高台阶上聊天。这里几乎是这条林荫路的尽头，再往前走便是北海公园了。

鲁铁军和萧暄暄都是革命军人的后代，住在位于小西天附近的总参某部的大院里，张娓娓是革命干部的女儿，那时住在西四附近的某机关大院里。他们三个除了有当时所有革命后代都具有的优点和缺点以外，他们之间还有一些共同的特点和爱好，也都喜欢到这里来玩儿，有时他们也在这个军委礼堂里看内部电影，当然，电影票是鲁铁军和萧暄暄弄来的。

"鲁红军，你为什么叫红军？你又没当过红军，也没有打过仗。"一天，当他们三人坐在军委礼堂前的高台阶上聊天的时候，张卫卫神气十足地质问鲁红军。

"我原来不叫红军，叫铁军，文化大革命开始以后，我爸就给我改名叫红军了，可能他觉得红军比铁军更革命吧。”

“你爸给你改名儿是因为他觉得铁军这个名字一点儿也不革命，因为国民党的军队或者土匪什么的都可以叫他们自己铁军，红军就不一样了，只有革命的军队才可以称自己为红军。”萧暄暄若有其事地说道。

听了萧暄暄的话，鲁红军微微地皱了一下粗粗的眉毛，但是，仅此而已，他并没有说什么。鲁红军在他们三人中，总是爱以一个大哥哥自居，很多事他都觉得不值得和张卫卫、萧暄暄他们俩太认真，可每次他脸上的那个表情却明明在说：“说了你们也不懂。”

张卫卫并不在乎萧暄暄的话，更不在乎鲁红军的表情，继续神气活现地问他们：“你们知道我真正的名子叫什么吗？”

“你不是叫张卫卫吗？”萧暄暄抢先说道。

“哈！我的真名叫张娓娓，就是娓娓动听的娓娓，娓这个字有顺从和美丽的意思，也是因为文化大革命，我爸给我改名叫卫卫，保卫的卫，意思就是保卫毛主席，保卫党中央。”

“张卫卫，你爸可真够革命的，比鲁红军他爸还厉害。”萧暄暄一边起哄一边说。

“我倒是喜欢你原来的名字‘娓娓’，又涵蓄又温柔，很有女人味。你曾经有这么一个美丽的名字，却让你爸给改成一个男不男女不女的名字，简直是太遗憾了。”鲁红军酸溜溜地说。

“少说别人吧，你爸还不是一样不会改名儿，那个‘红军’是人名儿吗？那是军队的名字，你爸也用来称呼你，真是奇怪！”萧暄暄忿忿地说。张卫卫知道他在替自已打抱不平。

鲁红军又皱着眉头望了萧暄暄一眼，还是没有说话。

"萧暄暄，你的名字是什么意思，怎么听起来一点儿也不革命？"张卫卫问萧暄暄。

"我妈从小就有心脏病，医生说她不应该生小孩儿，可是我妈特想要一个孩子，她就冒着生命危险生了我。因为我是她的独生子，生下来时又特小，身体也不是很好，所以，我妈就给我起名儿叫暄暄。我妈告诉我，暄是一种草，非常娇嫩，不容易存活。"

"暄暄，你妈真伟大！"张卫卫感动地说。

萧暄暄出生的故事使张卫卫突然领悟到一个母亲的伟大，她也突然意识到所有的女人其实应该都很伟大，而且，她自己肯定也在这个伟大的行列之中。

"文化大革命来了，好多孩子都改了名字，我妈坚决不同意给我改名儿，我爸也没办法，所以，如今我还叫萧暄暄。"萧暄暄继续说。

"你的名字很好听，不要改，反正革命也不缺你一个。"张卫卫说。

"就是嘛，你本人很适合这个娇气的名字。"鲁红军说。

"我妈不给我改，我有什么办法。再说了，张卫卫都说我这个名字不错呢。"萧暄暄讨好地望着张卫卫说。

在当时那个年代里，萧暄暄的名子确实很特别，尤其是在众多带革命色彩的名字中，这个名字就显得更淡雅脱俗了。

从这天起，鲁红军和萧暄暄只叫张卫卫为张娓娓，张卫卫和萧暄暄也只叫鲁红军原来的名字鲁铁军了。

跳吧，卡萨布兰卡

　　现在的北京城与张娓娓他们那个年代的北京城相比已经发生了翻天覆地的变化，可是，那条林荫路却基本保持着原来的面貌，只是在幽静中多了一些繁忙的商业气氛。人们匆匆地来匆匆地去，为生存而奔波。

　　文革时期，张娓娓他们的父辈们整天都在为革命而斗争，同时也为保住自己和自己的官职而与天斗与地斗与人斗，他们几乎没有时间关心和教育自己的儿女。那时的学校也不怎么上课，张娓娓、鲁铁军和萧暄暄他们这些无人管教的孩子却从中获得了意外的自由。那时在京城里，到处可以见到游手好闲的少年们，因为他们没有现代社会的孩子们不得不面对的繁忙的功课，也没有望子成龙的家长督促他们学习各种生存的技能，他们甚至不必考虑自己的未来，因为在那时，他们的未来并不掌握在他们自己的手中。

　　穿过林荫路，在礼堂对面的护城河边，可以更清晰地看到充满中国古人建筑智慧的故宫角楼。
　　鲁铁军抱着不久前从他的朋友手里买来的二手吉它，不十分熟练地弹唱着他们三人都喜欢的歌曲《莫斯科郊外的晚上》，张娓娓和萧暄暄合着铁军有些走调的吉它唱着歌。自从铁军买了这把吉它后，他们三个就经常来这里唱歌。歌声让他们觉得生活好像应该还有另外的一面，不只是残酷的革命和枯燥的口号。
　　"你们看过俄国大作家托尔斯泰的小说《安娜·卡列妮娜》吗？"伴着吉它的最后一个音符，张娓娓问鲁铁军和萧暄暄。

"我看过，去年铁军借给我看的，只是结尾的部分少了许多页。"萧暄暄说。

"那本书我已经看了很多遍了，那是一个充满悲剧色彩的小说，我天生喜欢悲剧，因为我觉得一个感人的悲剧可以让人永生难忘。我也很欣赏安娜追求爱情的勇气，我记得安娜在书中说，'我爱一个男人连他的缺点都爱'。"铁军说。

"很遗憾，最终，安娜·卡列妮娜还是卧轨自杀了。"张娓娓说。听了张娓娓的话，鲁铁军和萧暄暄都无言地低下了头，好像在哀悼安娜卡列妮娜一样。

"鲁铁军，你为什么不让萧暄暄看书的结局？是不是不想让他知道安娜卡列妮娜自杀了?"

"书是让我爸撕掉的，那一半被他烧了。他说这种书只能教我一些很不健康的资产阶级的情调，弄不好还会牵连到他。我爸革了一辈子的命才有了今天的地位，我也不愿意给他添什么麻烦，所以，我就把从我爸手里抢回来的那半本书送给了萧暄暄。"

"对不起，以前我没有告诉你，你给我的那一半书也让我妈给烧了。"萧暄暄抱歉地说，好像为他没有保护好鲁铁军的那半本书而感到内疚。

"我爸妈倒是不烧书，可他们也不许我看那些书。但是我还是偷偷地看了很多禁书，包括《红楼梦》和美国的小说《飘》。"张娓娓说。

"我的天！《红楼梦》你都看过！"萧暄暄大惊小怪地喊道。

"嘿，暄暄，小声一点儿，你再把工人民兵喊来，咱们都得被抓起来。"鲁铁军边东张西望边说，像一个搞地下活动的地下党一样。

在那个对当时的孩子们来说无忧无虑的年代里，爱情却是被绝对禁止的，除了长辈们把自己的配偶称为"爱人"以外，再很少听到有关爱或爱情的词汇了。

张娓娓他们三个情窦未开，也不十分清楚爱情究竟为何物的少年就这样目光无邪地互相对视着，在光天化日之下谈论着爱情。

"我渴了，想吃冰棍儿。"萧暄暄说。

"我这有一毛钱，你去那边买三根小豆冰棍儿。"鲁铁军大方地说。

张娓娓他们三人那时都喜欢吃小豆冰棍儿，而且谁兜里有钱都会掏出来与大家分享，当他们都没有钱的时候，口渴了他们就跑到军委礼堂里去喝自来水，当然这也是鲁铁军和萧暄暄的关系。

当爱在心中还是朦胧的时候，三个少年可以毫无顾及地大谈爱情，可是，当爱在他们心中萌发的时候，他们却不知所措了。

张娓娓和萧暄暄坐在景山公园门口等鲁铁军，已经等了半个多小时也没有看到铁军的身影。这时，几个相识的孩子从他们面前骑车过去大声喊着："鲁红军在北海团城下和人打架呢！"张娓娓和萧暄暄听了，赶紧骑上自行车去找鲁铁军。

　　黑压压的一群孩子聚集在北海公园门口的团城下，张娓娓和萧暄暄远远地就看见铁军站在人群当中，他们俩挤进人群来到铁军身旁。"用书勾引女孩子的做法已经过时了，请你以后不要再打扰王红，否则我对你不客气。"说完，铁军拉着站在他身边的那个女孩子走了。张娓娓没有叫住铁军，她呆呆地望着铁军和那个女孩子离开，心里突然涌上一种以前从未有过的，难以形容的感觉。暄暄也没有说话，他瞪着张娓娓，眼睛里是沮丧和受伤的目光。

　　再见到铁军时，萧暄暄质问他："那个女孩子是谁？""哪个女孩子？""就是你为她打架的，那个叫王红的女孩儿。""你们都知道了？""我们不仅知道，我们还看见了。"萧暄暄说。"她是我以前的一个朋友。"铁军轻描淡写地解释。

　　这时，张娓娓几乎能听到自己心跳的声音，内心涌动着一股无法忍受的痛楚，她的心告诉她，她喜欢铁军，可是这时张娓娓什么也说不出来，她在萧暄暄的目光注视下，走开了。"你去哪里？"萧暄暄问。"我去买冰棍。"张娓娓说。"我也去。"萧暄暄追了上去。

　　从那以后，每次见到铁军，张娓娓都会感到狂乱地心跳，还有暄暄那莫名其妙的眼神。当他们三人在一起时，彼此之间的目光也变得躲躲闪闪，没有以前那么光明正大了。

　　"为什么你每次见到铁军都要整理你的头发？"一次萧暄暄突然这样问张娓娓，说话的时候，他仍然用那个眼神望着她。"没有啊，怎么会。"张娓娓慌忙解释说。"我都看见了，你还不承认。"萧暄暄紧接着说："是吗？"张娓娓望着萧暄暄，她的眼睛明明在说："我爱铁军。"萧暄暄也瞪着张娓娓，脸上掠过一丝难以掩盖的绝望又痛苦的表情。

一天，他们三人约好在军委礼堂看电影，张娓娓和鲁铁军等了萧暄暄很久，可是，他没有来。

黑暗里，张娓娓不知道正在放映什么电影，只感到铁军身上强烈的吸引力。她不由自主地把头靠在铁军的肩上说："铁军，我喜欢你！"这是张娓娓生平第一次对一个男孩子说这句话。铁军搂住张娓娓，在她的额头上亲了一下说："我知道。"但是，他没有说："我也喜欢你！"这句张娓娓期待的话。

以后他们三人在一起时，萧暄暄总是借故提前离开，或者根本就不来。鲁铁军还像以前一样每天约张娓娓和萧暄暄出来玩，仍然谈笑风声，好像已经忘记了张娓娓对自己说的那句话和自己给她的那个吻。

因为张娓娓对鲁铁军的爱使他们三人之间的关系发生了微妙的变化，在一起时他们也总是好像各怀鬼胎，不像以前那么坦诚了，尤其是当他们不小心又聊起有关爱情的话题时，他们就会突然沉默，各想各的心事。

秋天来了，鲁铁军约张娓娓和萧暄暄周末一起去香山看红叶。那时，他们已经好久没有骑车去郊外了，所以，张娓娓和萧暄暄都很兴奋，鲁铁军见娓娓和暄暄童心再现，也很高兴。

北京的秋天十分美丽，气候宜人，是一年中骑车出游的最好季节。张娓娓和萧暄暄在林荫路旁的景山公园门口等鲁铁军。过了好一会儿，铁军都没有来，他们有些着急，因为如果没有什么重要的事，铁军从不失约。又过了一会儿，铁军的一个朋友来了，他告诉张娓娓和萧暄暄，鲁铁军说让他们俩到城外的运河边等他，他很快就会到那里去找他们。

这条运河直通颐和园，与运河并行的公路是去香山的必经之路，也是很多运输大卡车经过的地方。张娓娓和萧暄暄刚到那里不久，铁军也急匆匆地赶来了。"你为什么约我们到这里来？"萧暄暄问铁军。"我正好在这边有点事，所以在这里等可以节省一些时间。""事情办完了吗，咱们现在可以去香山了吗？"张娓娓问鲁铁军。鲁铁军没有马上回答她，他对萧暄暄说："暄暄，我想和娓娓说句话，你先在那边等一会儿，好吗？""为什么这么神秘，鬼鬼祟祟的，快点儿啊。否则去香山就来不及了。"萧暄暄说着，极不情愿地走开了几步。

鲁铁军看着张娓娓，他的心中徘徊着一种依依不舍的情意，他走近娓娓抱住她，又在她的额头上吻了一下，就像那次在电影院里一样。张娓娓奇怪地望着鲁铁军，"铁军，你怎么了？"鲁铁军欲言又止，他不知道应该如何向张娓娓解释今天他已经做的事和他将要做的事。"娓娓，我知道你喜欢我，但是我不能……爱你，我不值得你爱，因为……"张娓娓没等鲁铁军把话说完，就尽力挣脱他的怀抱，转身跑开了，她边跑边喊："不要解释，我不想听。"

泪水一下子模糊了张娓娓的眼睛，她不顾一切地跑着，忽然，她隐隐约约地看见一个绿色的庞然大物向自己冲来，一声巨响之后，张娓娓飞了起来，随后又重重地摔在地上。

张娓娓听见一声凄厉的叫声，接着又是一声。她听见

暄暄的哭声和质问声："你说，你对娓娓说了什么？""我
……暄暄，别问了,快叫车，叫车送娓娓去医院。"铁军语
无伦次地说。"救人呀！救人呀！"暄暄大声地喊着。
"娓娓！娓娓！你醒一醒，我爱你，我真的爱你，你能听
见我的话吗？我……"几滴带着铁军体温的泪水滴在张娓
娓的脸上。"娓娓，你别怕，我在这里，我就在你身边，
我爱你，你一定会好起来的，你听见了吗？我爱你。"这
次是暄暄的声音。随后，张娓娓就失去了知觉。

那天，鲁铁军因为又一次想要保护他以前的朋友王
红，和别人打架，混乱中打伤了人，本来，鲁铁军想在运
河边与张娓娓和萧暄暄告别后就去外地躲一躲，免得被公
安局抓走，可是，因为张娓娓的意外，他没有离开，他和
萧暄暄一直守在医院里，等候张娓娓伤势的消息。

"铁军，你是什么血型？"

"我是O型。"

"暄暄，你也是O型吗？"

"我也是O型，最大公无私的血型。"暄暄骄傲地说。

"娓娓，你是什么血型？"铁军问。

"我当然也是O型啦，其实，我早就猜到你们俩人是O
型血。"

"你怎么猜到的？你又不是先知先觉。"暄暄说。

"因为我特喜欢和你们俩人在一起呀。"

昏迷中，张娓娓的耳边响起以前她和鲁铁军、萧暄暄
的对话。

鲁铁军和萧暄暄的血缓缓地流入张娓娓的血管里，可

是她仍然昏迷不醒，她的心沉浸在那些与鲁铁军和萧暄暄一起度过的美好的时光里，不愿意回到现实中来。最终，她的心带着两个"我爱你"的声音满足地离开了，两个男孩子的热血也在她的身体里停止了流动。

当天晚上，警察从张娓娓冰凉的身旁带走了悲痛欲绝的鲁铁军。

几年以后，萧暄暄要去美国读书了，临走前，他去监狱再一次探望铁军，还给铁军留下一盘录音带，那里有他们三人都喜欢的歌曲《莫斯科郊外的晚上》。萧暄暄依依不舍地告别了在监狱中服刑的铁军，带着对张娓娓的爱和一颗破碎的心走了。

很多年过去了，萧暄暄从美国回到了北京。这时，鲁铁军已经得了血癌，生命垂危。在医院里萧暄暄见到了病危的鲁铁军。

"你能带我去我们的林荫路吗？我很想念那里。"

"行，铁军，我们去那里，去我们的林荫路，现在就去。"

萧暄暄开着车，眼中含着泪水，鲁铁军坐在萧暄暄的身旁，十分虚弱地靠在椅背上。车在《莫斯科郊外的晚上》的歌声中缓缓地驶过他们的林荫路。

鲁铁军看见张娓娓坐在军委礼堂前面的高台阶上，仍然那么年轻，那么漂亮，她正忽闪着一双大眼睛开心地笑着，少女铜铃般清脆的笑声在空中回荡。

鲁铁军恋恋不舍地看着窗外熟悉的景色，头缓缓地垂了下来，他的脸上带着平静的表情，嘴边留下淡淡的笑

容。

　　三个快乐的少年，脸上荡漾着青春的涟漪，在灿烂的阳光下，骑着自行车迎面而来。

大西洋的风

　　皮埃尔和波儿是从小青梅竹马的朋友，他们互相欣赏，也彼此相爱，但是后来有一天,因为皮埃尔失去了对女性的兴趣，转而去爱了男性，成了一个同性恋者，所以，从那一天起,他们就在生活上分道扬镳了。波儿嫁了一个她不爱，并且大她很多的男人，皮埃尔也有了固定的男性伴侣，但是生活上的选择并没有影响他们对艺术的热爱，他们仍然经常在一起探讨艺术，有时也谈爱情，当然是谈两种截然不同的爱情观。

跳吧，卡萨布兰卡

雨像厚厚的幕布垂在夜色里，风夹着海水的咸味向我扑来，风和雨拧在一起，将我一下推进了镇边上的一个小小的咖啡店里。

我一边脱去身上被雨淋湿的外套，一边跺着脚甩去鞋上的雨水。

"这是大西洋的风带来的暴风雨，在这里是很常见的。"一个声音从店里面传来，讲的是软软的法语。

我寻声望去，只见一个人倚窗而坐，身体紧紧地靠在璃璃窗上，像是要把自己溶入窗外的暴风雨中似的。他长发披肩，又高又瘦，看上去像是一个艺术家。

这个灯光明亮的小咖啡店里几乎坐满了人，他们这时也都一齐向我望过来。我与那位艺术家以及屋里的人打了招呼以后，就找了一个靠窗的座位坐下来，要了一杯咖啡，边喝边望着窗外的雨和风。

这是加拿大最东部紧靠大西洋的一个小镇，属于纽宾士域省。小镇上的居民大多数是来自欧洲的法国移民的后代，讲法语，也会讲英语。但是在他们的镇上，人们互相之间只讲法语，除非有外人来镇上非讲英语不可时他们才讲。

这个小镇只有一条街，这条街沿着大西洋的海岸蜿蜒伸展十多公里，好像每家每户都要尽可能地让自己的房子更接近大西洋的海水。

富有一点的人家的房子就建在更近海的路的这边，家境稍差一点的便住在路的另一边。路那边的房子比路这边的房子小，也没有路这边的漂亮。但是不论是路那边还是路这边，房屋都是法国乡村式的建筑风格，都有或是尖而高，或是平而低的屋顶，彩色的屋身很有诗意。

镇上的居民骄傲地称呼他们的小镇为"世界上最大的小镇。"

小镇上的居民，大多数人是四百多年以前从欧洲来到北美洲的法国移民的后代。他们的祖先最早定居在现在加拿大的诺瓦斯高沙省，他们曾经在那块美丽的土地上生活了一百多年。后来,当时战败的法国政府把他们居住的土地割让给了英国，在英国人统治了这块土地以后，原来已经居住在这里的法国人不愿意改变自己的文化和风俗习惯，所以他们被英国军队赶出了家园。他们中的一些人被强行送往现在美国的路易安那州，另一部分人被送回在欧洲的法国老家。那些不幸地被送回法国的人并没有被当时的法国政府接受，结果又被送回北美洲，因此，他们中的很多人都死在了途中。被送往路易安娜州的那些法国人中的一部分，在印第安人和好心的英国人的帮助下，历尽周折，终于逃到了现在加拿大的纽宾士域省，从当时的纽摈士域省政府那里得到土地，建立了属于他们自己的家园，也就是现在的这个位于大西洋岸边的叫做"卡拉凯特"的小镇。

从那以后，幸存下来的小镇上居民们的祖先就约定好，每年八月十五日这一天的晚上六点正，各家各户一起敲击木棒，用敲打木棒发出的声音告诉镇上的其他人家，告诉这个世界，他们还顽强地活着。

至今加拿大这些早期法国移民的后代，仍然保留着这个两百年来留下来的传统。每年八月十五日，他们都会聚

跳吧，卡萨布兰卡

集在镇上纪念法国移民的历史，也庆祝他们这些幸存的法国移民后代的今天。在每年的这一天，这个小镇唯一的一条街上，就会挤满前来参加纪念和庆祝活动的法裔加拿大人，以及来自世界各地的法国人，也有不少英国人和印第安人前来参加。每年，小镇上的居民提前一个多月就开始为庆祝活动做准备。他们自己缝制游行时穿着的服装，做雕像，绘画和制作一些大型的艺术作品，尽力让每年的聚会更精彩，更有魅力。当然，现在他们聚会的时候已经不再敲击木棒，取而代之的是充满了和平与欢乐气氛的彩色塑料棒，同时，他们还用音乐象征性地制造声响，再现过去的场面。如今，这个延续了近两个世纪的传统实际上早已演变成一个欢乐的聚会。

现在，居住在小镇上的人们仍然远离繁华的都市，过着宁静的田园式的生活。他们中的老一代人主要靠打鱼为生，有些人也打猎，不打鱼也不打猎的就靠政俯的救济金生活，所以常有一些人整天无聊地坐在咖啡馆里，每当有客人到来时，他们便用茫然的目光齐齐地望去，见到认识的打声招呼，见到不认识的他们便继续喝咖啡。

小镇上年轻一代的居民很多人都是艺术家。他们懂美术做音乐也拍电影。他们拍摄的电影是那种没有多少人愿意看，但是他们自认为艺术性极高的法语电影。小镇上年轻的音乐家们专门演奏一些让人听了头昏的摇滚乐和节奏很特别的爵士乐。那些极有美术天赋的艺术家们画的则是极抽象的被他们称为"大西洋的风"的油画和水彩画。

小镇上的艺术家们的美术作品与魁北克这边的艺术家

54

们的美术作品相比较，有很大的不同。在魁北克，美术艺术家们大多只画一些与风景和古迹有关的画儿。而小镇上的艺术家们则很少画那样的画儿，他们喜欢用强烈的色彩，抽象的画法去表现这个世界，这可能是因为小镇上的艺术家们更接近海，所以海的那种放荡不羁，千变万化的性格也影响到了他们的美术作品的风格，使他们的美术作品看上去更豪放、更潇洒、也更粗犷。

这次，我就是应小镇上的一个朋友的邀请，来这里参加他们举办的每年一次的春季艺术节。今天刚到，因为贪恋岸边的夕阳而忘记了傍晚有暴风雨的警告，才被淋成了这个样子。

这时那个高高瘦瘦，很像一个艺术家的人已经坐过来，他伸出一只又长又瘦的手给我说："妮歌，我是唐纳，欢迎你到镇上来。"我握住他的手说："我也很高兴能到这里来。"我说."你怎么知道我的名字?"我又追问他一句。"朋友说的，他们说今天有一个会写诗歌的中国女孩儿要到这里来，这是一个小镇，所以大家都知道了。"他说话时，一付心不在焉的神情。我称那种神情为艺术家的神情。因为随后几天，我遇到的大多数艺术家的脸上都有这种神情，不论他们来自何方。

后来唐纳又告诉我，他是摇滚乐队的歌手，明天他们的乐队要在镇上演唱，并希望我能去看他们的表演。我爽快地答应了他，因为我来这里就是为了欣赏他们的艺术的。

跳吧，卡萨布兰卡

第二天，这个狭长的小镇上的大半条街都被艺术家们占满了，路的两边挤满来自世界各地的美术家们的作品，几个临时搭起的舞台供音乐家们演奏和演唱，镇上的电影院里也在放映电影艺术家们最新的制作。平时宁静如水的小镇，这时热闹非常，就像一个与大西洋并肩而立的艺术的海洋。我和朋友波儿，以及她的朋友皮埃尔一起穿行在人群与艺术之中。

波儿也是早期法国移民的后代，有一点印第安人的血统。听说在这个小镇上，很多人都有印第安人的血统，当然，这是因为他们那些来自法国的祖先与本地印第安人联姻的结果。但是他们中的大部份人，从相貌上却很难看出与印第安人有什么联系，因为他们长得只像从法国来的祖先。

波儿梳着一头长长的深棕色的头发，有一双深棕色的眼睛，她的下巴长得尖尖的，在脸上略显长了一点，但是并没有破坏她轮廓分明的脸形美。波儿有一个在法国女人中比较高大也比较结实的身材，但是并不显得臃肿。她看上去四十岁左右，可仍然充满年轻人才有的朝气。波儿有四个孩子，两个男孩儿和两个女孩儿。波儿的丈夫比她大十多岁，在多伦多做生意很少回家，平时只有波儿和四个孩子住在家里。

波儿的孩子个个英俊和美丽，其中的一个女儿更是美若天仙，一双绿眼睛像宝石般光彩夺目。听说她是本地大学里艺术系的高才生，而且，她还有一个美丽而独特的名子，叫做"娜塔丝塔兹亚"。

波儿本人是一个美术艺术家。在她家的小小的木屋里，到处可以见到她的美术作品。波儿的美术作品也是那种色彩奔放的"大西洋的风"。波儿还在小镇上自己开的美术学校里教课，有时也去参加不同地区的美术展览。这次小镇上的艺术节就是她和她的朋友皮埃尔一起主办的。

皮埃尔看上去很清秀，个子也不太高。他的金色长发随意地垂在肩上。一双蓝色的眼睛略带几分忧郁的神情。皮埃尔是一个电影导演，但是他只拍那种"艺术性极高"的电影。他说，他的电影是阳春白雪，懂者自然不多。而好莱坞的大片却只不过是一些花很多钱，去迎合大部分人爱好的下里巴人的电影。

正因为皮埃尔的影片和者甚少，所以他总是默默无闻和穷困潦倒。但是皮埃尔却说，他拍电影是为了纯粹的艺术不是为了钱。

皮埃尔和波儿是从小青梅竹马的朋友，他们互相欣赏，也彼此相爱，但是后来有一天，皮埃尔失去了对女性的兴趣，转而去爱了男性，成了一个同性恋者，所以，从那一天起，他们就在生活上分道扬镳了。波儿嫁了一个她不爱，并且大她很多的男人，皮埃尔也有了固定的男性伴侣，但是生活上的选择并没有影响他们对艺术的热爱，他们仍然经常在一起探讨艺术，有时也谈爱情，当然是谈两种截然不同的爱情观。

听说艺术家们的性爱倾向上以同性恋为多，这大概是因为艺术家们有太多的艺术细胞，因此他们比一般人更浪漫，当人们对异性爱的浪漫超出一定的界线后，也就成为同性之恋了吧。

跳吧，卡萨布兰卡

　　因为住在多伦多，所以我经常见到波儿的丈夫菲力普。有时菲力普也对我谈起他的妻子和他妻子的男友，他说，他知道波儿始终爱的是这个已不再爱她的同性恋男友，而波儿对他自己的爱只是一种像对长者的爱，所以有时他真的很嫉妒波儿的那个男友。有一次我问菲力普："你是否爱波儿呢？"他沉思了好一会儿才说："我爱她，但是也只是像一个父亲那样爱她。"

　　在这个世界上有很多种爱，在众多的爱中，男女之间的爱恐怕是最复杂也是最多样的了。

　　我们一行在唐纳的摇滚乐队演奏的台前停下来，这时，唐纳正在台上疯狂地演唱，见到我们便更疯狂地甩了一下他的长发算是打了招呼。

　　波儿告诉我，唐纳他们要在这里演唱一天，明天才换爵士乐队表演。波儿还说，所有的乐队都非常珍惜这个难得的，能让人们欣赏到他们的艺术的机会。

　　这些生活在小镇上的无名艺术家们，对艺术的热爱与执着确实让人钦佩。

　　离开唐纳和他的乐队后，我们三人去了电影院。在那里，我欣赏到了皮埃尔的"阳春白雪"。那是一部有关男女之间爱情的影片，拍摄的技巧与导演的手法都很独特，影片入木三分地表现了男女主人公的内心世界，故事很感人，画面也很美。

　　皮埃尔是一个同性恋者，可是他却能制作出如此缠绵又如此轰轰烈烈的异性之间的爱情片，是不是因为在他的内心深处，仍然保留着人类最原始，也是最美丽的爱。也许他仍然爱波儿，可是，为了让波儿能有一个平静的生活和一个完整的家，他才表现出不爱。

每个人都有追求爱的权利，如果皮埃尔仍然爱波儿，他就应该直接向波儿表白，当然他这样做一定会破坏波儿现有的平静的生活和完整的家，但是，波儿将会得到一个完整的爱。

艺术节结束了。我告别了那些潇洒的好像不食人间烟火的艺术家们。在离开小镇之前，我选购了几件美术作品，图它们价格便宜又很有特色。从此，在我多伦多家中的美术收藏中又多了一种美术流派，那就是"大西洋的风"。

太阳雨

　　寂静中，百合看见一个人，一个陌生又熟悉的人站在自己的面前，脸上带着厌恶的表情，她不由得倒退了一步，那人突然消失了。随后，百合看见一个风度翩翩的白衣少年远远地跑过来，手里握着一束洁白的野花，也带来一脸灿烂的笑容。百合张开双臂迎上前去情不自尽地叫了一声："雨。"但那少年好似全然不知百合的存在，他随风而起，飘然而去，消失在山谷里。

跳吧，卡萨布兰卡

一望无际的晴空没有一片云彩，午后的骄阳斜斜地照在长满绿草的山坡上。百合孤独地站在五台山上的这片远离寺院的草地上，一动不动像是一座雕像，只有她随风飘起的长发给这寂静增添了几分生气。百合已经在这里站了很久，她觉得自己好像已经溶化进了山与天之间，成为万里晴空中的唯一一片云。

这是七月的夏季，是五台山最美好的季节。百合喜欢在这时来到五台山，几乎年年如此，无论她身在何方。百合也曾经想过也许有一天她会永远留在五台山上，做一朵自由的云，与佛界同在。

寂静中，百合看见一个人，一个陌生又熟悉的人站在自己的面前，脸上带着厌恶的表情，她不由得倒退了一步，那人突然消失了。随后，百合看见一个风度翩翩的白衣少年远远地跑过来，手里握着一束洁白的野花，也带来一脸灿烂的笑容。百合张开双臂迎上前去情不自尽地叫了一声："雨。"但那少年好似全然不知百合的存在，他随风而起，飘然而去，消失在山谷里。

几滴水珠轻轻地掉落在百合的脸上，凉凉的、滑滑的。百合抬头望去，只见被太阳的耀眼光芒笼罩的天空有万道金光从天而降，灿烂刚烈的阳光与轻盈柔软的雨丝胶溶在一起无声无息地落下，又是一场太阳雨，美丽而凄凉。百合用手擦去脸上的泪水和雨水，往事涌上她的心头。

在很久以前，那时百合和雨都很年轻，他们同是美术学院的学生。那年他们两人相约一起到五台山写生，也是在这片草地上，他们第一次见到了美丽的五台山上的太阳雨。

那时的雨年少英俊，他们两人在一起时用心灵交流，自然相处，一切随缘。他们之间有说不尽的话，他们的感情像红尘外的情缘。两个纯净得像晴空一样年轻的心相拥相爱，虽然没有山盟海誓，也不轰轰烈烈，但却是极自然又真切的感情。那天他们俩相互依偎着沉醉在太阳雨中。

后来雨画的名为《五台山上的太阳雨》的油画在本年级的毕业作品中获得了第一名。

远处，一个长衫飘飘的身影出现在夕阳下，好像头顶金光的仙人向百合这边走来。那是静慧，是静能法师让她来请百合回去。因为甜蜜的回忆和美丽的太阳雨使百合留恋往返，不知不觉已近黄昏。

百合跟随静慧来到静能法师的禅房。静静地挨着静能法师坐下。"百合，请去用膳吧。"静能法师轻声说。

百合起身无声地走出禅房，来到院中。因为今天刚到五台山，百合仍带着旅途的疲劳，她并不觉得饿，只想在雨后的庭院中静一静。

静能法师是百合的老朋友。百合第一次遇见静能法师是与雨在一起，在庙外的石阶上。那时年轻的雨和百合正手挽手兴致勃勃地登上庙前又高又陡的石阶。静能法师正好经过那里，当她看见雨和百合时便停下来望着他们。雨和百合见到静能法师也停住了脚步，向她问侯。静能法师引他们俩去了她的禅房，给他们讲了一些有关因果、情缘和今生来世之类的话。那时年轻的雨和百合并不十分懂得其中的道理，只是出于礼貌他们才耐心地听完，然后就像

跳吧，卡萨布兰卡

离开笼子的小鸟一样欢快地奔出了禅房。以后每隔一两年，雨和百合都要来到五台山游玩，顺便也听静能法师的教诲。

这次因为百合又是一个人独自来访，所以静能法师又留百合在庙里的客房里休息。晚风中，百合的长发轻轻地飘动，给神圣的寺院增添了几分尘世间的美。

不知从什么时候起，百合开始能听懂静能法师的说教了。现在每次来访她都虔诚地倾听静能法师的教导。尘世间的恩恩怨怨和儿女情长总是能使人变聪明，变得能读懂人生的道理。

这时,静能法师来到百合身旁，用手轻轻地抚摩着她的长发说："百合，你的生活是属于你自己的，应该勇敢地面对它。你也不必刻意去追求人生的完美，因为在这个世界上本来就没有完美的人生。如果要追求也只求今生无怨无悔便是了。"百合点点头说："我懂了。"

那天晚上，百合做了一个梦。在梦中，她和雨大学毕业以后就结婚了，没有婚礼也没有婚纱，只有两颗真诚相爱的心互相拥抱着走过了那个人生的重要时刻。结婚以后，百合依然每日作画，而雨却放弃了绘画，开始做生意。

两年后，在一个暴风雪的夜晚，他们的两颗心紧紧地依偎在一起,等待一个小生命的诞生。有了儿子以后，他们有了更多的欢乐。雨和百合给了他们唯一的儿子无数个美好的祝福。

美好的梦总是短暂的，而且也总是让人在最美好的时刻醒来。醒来后，百合很难再入睡。她起身走近窗前，望着一轮明亮的月亮。

岁月流逝，雨也变得久经世故，他的生意越做越大，成为中国新一代年轻有为的富豪。

可是，雨的心也在悄悄地离去。他总是忙于生意，很少回家。百合却好像一点也不知情，她仍然沉浸在自己的画和梦中。她的心也依然牵挂和依赖着那颗曾经爱过她的心。

终于有一天，雨和百合已相对无言，失去了曾经把他们连在一起的那种心灵间的自然交流。

当初，雨和百合的爱虽然没有多么轰轰烈烈，但却是真真切切。而现在雨和百合之间的战争无声无息，但却让人痛彻心扉。虽然百合不明白为什么雨会这样对待她，但是百合仍然在尽力维护她和雨之间的爱，因为百合依旧认为雨还是她心中的那个纯洁，体贴，爱的执着的少年。

直到有一天当百合在镜前梳妆时，无意间见到了正站在自己身后的雨映在镜子中的脸。那是一张正在盯住自己背影的陌生人的脸，脸上是百合从未见到过的表情，那表情里充满了厌恶。当那张陌生的脸发现百合的惊讶目光时，瞬间又变回了雨的脸。百合不解地回头望去，可这时在她的身后只有雨并没有那张陌生又可怕的面孔。百合怀疑自己刚才见到的镜中的脸只是一个幻觉，但是她的直觉不断提醒她："不要怀疑那个事实，你确实在镜子中见到了一张陌生的面孔，那是另一个雨的脸。"

百合的心碎了，她发现这么多年来，自己和雨在一起的生活只是一场可怕的梦。当年自己爱过的那个少年早已不知去向，而眼前的这个雨只是一个陌生人。他一点也不爱百合，甚至厌恶百合。百合哭了，哭了很久，哭过以后，她也从梦中醒来，变得坚强了。百合告诉自己："雨已经走了，但是百合还是百合，她不会向陌生的面孔低头，她要振作起来，保护自己的尊严，做一个永远快乐和美丽的百合。"于是,百合走了，带着自己心爱的儿子去了位于地球那一端的遥远的国度。

淡淡的月光洒满庭院，也照在百合满是泪水的脸上。她又想起今天刚到五台山时，静能法师告诉他，上个星期雨来过，带着他的太太和两岁的女儿。雨一个人去了那片草地，在那里停留了很久。这已经是第三年了，三年来雨年年都去那里等候太阳雨，但总是无缘见到太阳雨。临走时雨说："明年我还要来，那时，我一定能见到我心中的太阳雨。"雨的这些话使百合又见到了那个久违了的雨，那个永远存在于自己心中的雨。

多年来百合也经常从国外回来重返五台山，有时与儿子一起，有时孤身一人，为的也是那美丽的太阳雨。

第二天早晨，一夜未眠的百合虽然略显疲倦，但是精神很好，脸上挂着美丽的笑容。静能法师见了她，满意地点了点头，双手合十地说："阿弥陀佛。"

与静能法师告别后，百合离开了五台山，归心似箭地飞回了美国纽约，在那里亲爱的儿子在等她，还有一

个叫丹尼的美国的"雨"也在等她。丹尼也是一个艺术家，人很单纯，并且爱得的执着，很像当年少年不知愁滋味的雨。百合从丹尼的身上又找回了那个自己爱过的雨。她把自己的一颗心又毫无保留地交给了丹尼。

丹尼曾经对百合说："我也要去中国的五台山，去看你的太阳雨。"丹尼不懂中文，也从没有去过中国，但是他爱百合，也相信百合喜欢的东西一定很美丽。百合答应了丹尼，她说："好，明年带上儿子和你，一起去中国的五台山看太阳雨。"

第二年，由于百合与丹尼的画展要分别在七八月举行，所以他们未能如期去访五台山。

这年的九月，百合收到了静能法师的一封信和一个包裹。在信中，静能法师说："百合，知道你一定很忙，所以今年你未能来五台山。但是雨来了，一个人来的，带着他的《五台山上的太阳雨》的画。雨的生意失败了，太太带着女儿离他而去。现在雨就住在五台山上，他说，他不想再离开五台山了，他要永远地留在这里。每天午后，雨都到寺院后面的草地上去等太阳雨。但现在已近十月，不知雨今年能否如愿以偿。愿佛保佑他。另外，雨让我转交给你这幅《五台山上的太阳雨》的画，他说，希望你永远幸福。"

百合打开包裹，慢慢地把画展开，她又见到了自己十分熟悉的景色：在灿烂的阳光下，闪着金光的雨丝伴着若隐若现的彩虹，两个白衣少年在太阳雨中相拥而立。

跳吧，卡萨布兰卡

　　雨滴掉落在雨的脸上，他欢喜地跳起来，高声呼喊着，脸上露出欣慰的笑容。他看见百合站在太阳雨中，透过雨丝依稀可见她美丽的笑容。

相逢何必曾相识

　　雨田用极其温柔的目光望着凡子，那一刻，凡子觉得心里骤然生出一种缠绵的情感，好像顷刻间，她和雨田同时跨过了那段他们不曾在一起的时空，走在了一起，俩人的心一下子离得很近很近，好像一对在前世就已经相识了的朋友。

跳吧，卡萨布兰卡

那双漂亮的蓝眼睛穿过昏暗的灯光，从不远处又向凡子望过来，好像两颗美丽的星星。凡子抬起头迎向那双目光。

"你好！"凡子对那两颗"蓝星星"说。

"你好！""蓝星星"立刻回答，好似等待已久。

这已经是连续第三天，凡子在这家酒店的餐厅里遇到"蓝星星"了。

"我可以坐在这里吗？"这时"蓝星星"已经近在咫尺，看上去更蓝更亮。

"请坐！"凡子并没有被打扰的感觉，反而很高兴"蓝星星"能坐到自己这里来。

"我叫雨田。""蓝星星"微笑着说，脸上带着几分羞涩。

"我是凡子。"凡子说，她的脸上是一个阳光灿烂的笑容。

雨田大约三十多岁。身材十分高大，金色的短发剪得整整齐齐。一双闪烁的蓝眼睛目不转睛地注视着凡子。

"凡子，你很美，笑起来更美。"雨田一边说一边打开随身带着的手提电脑，他轻轻地把电脑推到凡子面前。这时，一幅美丽的画面出现在凡子的眼前。那是一个漂亮的东方女孩，她那长长的，如丝绸般的黑发被海风轻轻地吹起，一双大大的黑眼睛正目不转睛地望着凡子，脸上是阳光般灿烂的笑容。

"哇，太美啦！"凡子情不自尽地赞叹道。

"她是谁呀？"凡子问。

"她是我梦中的一个女孩儿。当我还是一个小男孩儿

时，她就不断地出现在我的梦里。"雨田深情地说道。

"是你画的吗？"凡子没有注意到雨田的神情，继续问道。

"是。"雨田轻声地回答。

"你是画家吗？"凡子又问。

"我只是一个业余画家。"雨田谦虚地说。

"除了画画儿，你还做什么？"凡子又问。

"我是电脑工程师，在IBM电脑公司工作。"

"凡子，我觉得你很像这个女孩儿。"雨田温柔地说。

"是吗？"凡子边说边又一次仔细地端详画上的那个女孩。

"特别是你们的笑容，非常相像。"雨田无比感慨地说。

"凡子，你为什么一个人住在酒店里？"

"因为我在洛杉矶没有家。"

"你为什么一个人到这里来？"

"因为我喜欢旅行，所以经常一个人在世界上游荡。"

"离开洛杉矶以后你准备去哪里？"

"大概去欧洲，去意大利的罗马。"

雨田用极其温柔的目光望着凡子，那一刻，凡子觉得心里骤然生出一种缠绵的情感，好像顷刻间，她和雨田同时跨过了那段他们不曾在一起的时空，走在了一起，俩人的心一下子离得很近很近，好像一对在前世就已经相识了的朋友。

跳吧，卡萨布兰卡

雨田毕业于加拿大的多伦多大学，生长在洛杉矶的比弗利山庄，现在他独自住在纽约。大多数时间也像凡子一样到处旅行，有时是因为公司的业务，有时却只为了他喜欢的美术艺术。

雨田曾经有过一次短暂的婚姻。妻子是洛杉矶本地的女孩儿，也是雨田大学时的同学。女孩儿很爱雨田，所以他们结婚了。但是没过多久他们就离了婚，因为雨田不能忘记那个从未见过面，但又相识多年的梦中的东方女孩儿。

"凡子，明天我不回纽约去了。"
"为什么？"
"我想留下来陪你。"
"雨田，你还是回纽约去吧，我一个人独来独往惯了，最终我还是要一个人走的。"
"凡子，我已经等了你这么久，我不愿意让你离开我，再回到梦中去。从今以后我要与你在一起，哪怕走到天涯海角。"雨田深情地说。
听了雨田的话，凡子哭了，经过那么多年的孤独和寂寞，现在她终于等到了盼望以久的爱。

凡子来自台湾，因为喜欢旅行，她经常一个人到处流浪，去了很多地方，也写了不少旅途中的见闻和感人的故事。

每当凡子在国外感到疲倦时，她也会回到生养她的那块土地上去，故乡的温暖很快就能让凡子再次振作起来，又去开始一个新的旅程。

这次，凡子就是刚从台湾回来，准备在洛杉矶停留几天，再回到加拿大去，然后从那里去意大利的罗马。

　　离开洛杉矶，凡子回到多伦多。在多伦多那里，凡子有一个小小的，只属于她自己的家。凡子已经在多伦多住了很多年，旅行中也会像大雁那样常常来这里小息片刻。
　　雨田与凡子分手以后回了纽约，那里是雨田生活和工作的地方。
　　凡子和雨田相约一个星期后在多伦多见面，一起去意大利的罗马。

　　罗马是一个古老的城市。城中处处可见残墙断壁和同样残缺不全的雕塑。从这些建筑和艺术的遗址上仍然依稀可见当年罗马帝国的辉煌。
　　在罗马，凡子每天四处奔波忙于摄影和写稿。雨田则静静地坐在街头写生。俩人只有天黑后才能在他们住的酒店里碰面，那时也是他们互相展示自己一天收获的时候。
　　有一天，雨田回到酒店时，带回一个小小的木盒。这个木盒子表面亮亮的，好像被很多人抚摩过。木盒子的形状也有点儿特别，它看上去像一颗心，在这个心形盒子的盖子上还刻了另外一颗心，当你抚摩这一颗心时，那一颗便会发出悦耳的音乐声。
　　"雨田，你从哪里找来这个漂亮又别致的盒子？"
　　"今天在街上从一个意大利老人那里买来的。"
　　"盒子里面装的是什么？"
　　"如果你想知道盒子里面有些什么，就要先回答我两个问题。"雨田神秘地说。

跳吧，卡萨布兰卡

听了雨田的话，凡子已经预感到他要对自己说什么了。

"凡子，你爱不爱雨田？你想不想和雨田结婚？"雨田果然说出了凡子心中的预感。

许多年来，有不少男孩子或男人都问过凡子这个问题，但是都被她拒绝了。因为凡子觉得他们都不是自己心中等待的那个人。自从遇到雨田以后，凡子才感到自己那颗疲惫的心，终于找到了盼望已久的爱的归宿。

凡子一直都相信，在这个世界上，每一个人都有自己命中注定的另一半，只是有时那一半近在眼前，有时又会远在天边。只有幸运又有耐心的人才能找到自己的另一半。遇到雨田以后，凡子坚信雨田就是自己多年来苦苦地追求和等待的那一半。

"凡子和我结婚吧！"雨田真诚地说。

凡子望着雨田那两颗星星般闪耀的蓝眼睛，发自内心地脱口而出："我愿意，我愿意和你结婚！"听了凡子的回答，雨田的眼睛顿时像两颗正在划过夜空的流星那样，瞬间闪现出璀璨的光芒。

雨田小心奕奕地打开那个神秘的小木盒，两个镶有心形红宝石的银戒指齐齐地摆在里面。

"卖给我戒指的意大利老人告诉我，这两个戒指能给人带来幸福，因为木盒里的歌就是在讲述一个美丽和幸福的爱情故事。"雨田拿起其中的一只戒指说："我要用这只戒指牢牢地套住你，不让你再回到我的梦里去。"

第二天早上，凡子和雨田来到一个位于罗马城外的小教堂。这个小教堂是雨田过去来罗马时一定光顾的地方。

每次来到这里，他都幻想有一天能和自己梦中的情人在这里举行婚礼，今天他终于如愿以尝，带着自己心爱的人来了。

这个小教堂很美，一些大理石的艺术雕塑立在教堂的周围，教堂的侧面有一小块墓地，里面有一些仍然鲜艳的花朵。今天不是星期天，小教堂显得非常安静。

凡子和雨田手牵着手走进了教堂。一个年老的牧师迎了上来。他们向牧师说明了来意，请牧师为他们俩举行一个简单的婚礼。

凡子的头上带着雨田从路边采来的鲜花做成的花环，眼睛里闪着幸福的光芒。

雨田紧紧地握住他的小木盒，好像怕它不翼而飞似的。

牧师很正式地为他俩主持了这个只有新娘和新郎的婚礼，祝福他们永远幸福。

从小教堂里出来，雨田紧紧地抱住凡子说："凡子，我要爱你到永远。如果没有永远的生命，死后我也要埋在这里，每天看着我们结婚的地方，继续爱你。"

凡子和雨田离开罗马以后。雨田因为公司的事要暂时先回纽约去，凡子一个人去了意大利的西西里岛，那是她从小像乡愁般思念过的地方。

"凡子，西西里是我们梦中的家，我很快就会去那里找你，以后不再分离。"

在匆匆而过的人生的旅途中，有的人能够得到自己心中期待的爱，有的人能够找到自己梦中的故乡，而幸运的

跳吧，卡萨布兰卡

凡子却得到了这两样。突然降临的幸福让凡子感到好像在梦中一样。可是，美丽的西西里岛，浓绿的橄榄树，还有雨田每天打来的电话都时时提醒着凡子，在这个世界上确实有一个爱自己的人和一个梦中的家。

沙漠星空

　　我小心地把车停在路旁，打开车子的天窗，让儿子伸出头去，看那个美丽无比的星空。儿子站在车座上，踮起脚，两只小手紧紧地握住天窗的两边，仰起头，睁大眼睛，望向天空。只听他喃喃地说："好多的星星啊！我从来没有见过这麽多的星星。"好像怕说话声音大了，会把星星吓跑似的。此时，儿子的脸上流露出极度的喜悦之情。

跳吧，卡萨布兰卡

汽车往右一拐，上了一条更偏僻的公路，刚才一直跟在后面的几辆车，这时也没了踪影，大概他们都往左边去了。

沙漠中的车本来就不多，这一下，就只剩我们这一辆了。

来不及多想，我们的车已经开进了一个静静的小镇。

小镇上唯一的一条道路上空无一人。路的左边倒是有一个加油站，但也是空无一人，好像已经关了门。

路的右边有一排房屋，屋前有一个牌子，上面写着"汽车旅馆"的字样。但是那里也是静悄悄的，不像有客人住。仔细看看也关了门。

那边好像是一个剧院，虽然剧院的墙上涂得红红绿绿的，却也是不见一个人影。

正在诧异之时，我注意到在剧院的屋前有几把长椅，那应该是给等候看戏的人预备的，但是这时却被用链条锁了起来。"这下好了，"我心里想，"这里一定有人，因为长椅怕人偷。"不禁边叫好边就松了一口气。

这时扭头去看坐在旁边异常安静的儿子，只见他小脸上一片恐慌。于是我对儿子说："我们不用怕，因为这里是有人住的。"儿子点了点头，没有说什么，不知是不是信了我的话。我用手摸了摸他的小脑袋，给他多一些安慰。

汽车继续往前开，一路上只有被风吹起的废纸在街上舞来舞去，显得这个小镇更是荒凉。

再过了一条同样荒芜，没有火车的铁路，我们就离开了这个奇怪的，沙漠中的小镇。

我又松了一口气，也庆幸我们平安离开。

我们的车继续前行，沿着公路转去左边。这时，天渐渐黑了下来。

儿子打开地图，看了一会儿，突然惊叫道："妈妈，你知道吗，我们还要开两个多小时才能离开沙漠呢！""怎么，要这么久吗？"我同样惊讶地说。儿子又低头看了一下地图，然后坚定地说："是两个多小时，是那么久。"儿子看地图的本领无师自通。不像我，不是搞不清地球上的东南西北和地图上的有什么相同；就是好不容易搞清了，但是拐了一个弯以后就又搞不清了，天生一个路盲。还好儿子没有遗传到这一点，他看地图和找路的本领倒是很像他的爸爸。

我原来以为，沿着公路这样往右一拐，再往左一转，就能很快见到高速公路，并在天黑以前离开沙漠了，却不知还要开两个多小时的路程，也不十分清楚这两个多小时是两个小时多一点还是多很多，这时也才明白为什么那几辆车都没有跟来。

最后的一抹夕阳也消失在天边，夜就像黑色的海浪从头顶压下来。一瞬间，我们这只沙漠中孤独的小舟就被淹没在黑暗里了。

顿时，一股强烈的恐惧抓住了我的心，但是为了不再吓到儿子，我装作镇定地说："儿子，不要紧，我们的车还有很多油，而且如果真需要帮助的话，我们还有手机可以打。再说只要两个小时就能开出沙漠了。"我特意没提那个"多"字，说这话的时候，连自己也不知道是在安慰儿子，还是在鼓励我自己。说完，我握住了儿子已经有些冰凉的小手，他的手也紧紧地抓了过来，仿佛我的手是波涛中的一条救生索一样。

四周一片寂静，只有车轮与崭新的柏油路磨擦发出的沙沙声。偶尔有几个比夜更黑的沙丘静静地闪过车窗，也看不到月亮。我们的车就行驶在这刚刚降临的沙漠中的夜色里。

这是一条穿越被称为"死亡谷"的沙漠公园里的公路，位于美国纳华达州和加利弗尼亚州的交界处。确切地说，"死亡谷"应属于加利弗尼亚这边。因为是国家级的公园，所以公路虽然处于沙漠之中也还是很漂亮的。并且在路的中间还装有夜里被车灯一照，就闪闪发光的反光片，就像美国其它地方的公路一样。

在美国和加拿大，大多数公园都保留了本来很自然的天然风景，大有天然胜雕琢之意，不像很多中国的公园有太多人工的美丽。

这个"死亡谷"也不例外。说它是公园，其实只是个荒芜的沙漠，也只有从被车灯照到的那一段路面，才能看出一点人类文明的痕迹。

下午才从拉斯唯加斯出来，本来不想穿越沙漠的，可是后来觉得既然已经到了这里，不如穿过沙漠，再从沙漠那边的高速公路返回拉斯维加斯去，这样一来也不必再从同一条路回到酒店去了，只是没有想到需要这么久才能开出沙漠。

结果就像每次旅行一样，我和儿子又一次身陷惊险之中。

从前，在美国的其它地方和加拿大的某些省份，我们都曾有过类似的经历。但是这一次好像更可怕一些。

因为在沙漠深处已经收不到广播了，所以我就让儿子放了几首随车带来的，他喜爱的歌曲来听，有了音乐心情稍微轻松了一些。

但是随后我突然发现，我们的手机这时也完全没有了接收信号，这就意味着我们与沙漠以外的文明世界完全失去了联系，刚刚在音乐的安慰下轻松下来的心情，这时不尽又紧张起来。

俗话说急中生智，的确有些道理。在这个紧急关头，我突然想到，为什么我不超速行驶呢，平时只要开车一超速，警察很快就会出现。其实，这也是我和儿子每次旅行遇到危险时用的办法，而且每次都很灵。大多数警察也很好，当他们得知真情后都愿意帮助我们。而且事后，那些好心的警察往往都忘记了给我开交通告票。当然，有时我们也会碰到恶警察，但是对我们来说，在这种危机的情况下，恶警察总要好过可怕的黑夜和恐惧。

说超速就超速。我对儿子说声："坐好！"然后把油门一踩到底，车就像一匹脱缰的野马，狂奔起来。

可是，此次这个方法好像不太灵。因为我已经超速开了好一会儿，也没有一个警察追上来。失望之余，车速也就慢了下来。

随后一想，在这方圆数百公里的沙漠里，此时，恐怕只有我们这一辆车了。又到哪里去找警察呢？

这时，突然远处闪现出一点亮光。对我和儿子来说，在这漆黑一片的沙漠里，那点亮光看上去简直就像一个明亮的太阳。

儿子也看到了这个光，显得有点兴奋。我说："好了，儿子，见到灯光了，这里一定有人家，我们不是孤独的。"

不久，我们的车就接近了那个黑夜中的"太阳"。这时才发现，那个亮光只不过是一个废弃了的或半废弃的矿井上的一盏灯，而且，那里除了那盏灯以外，也没有任何其它生命的迹象。

我们的车继续前行，那点亮光很快就被我们抛在了车后。前面依然是黑朦朦的天。那几首歌也已经听了一遍又一遍。这时我们好像已经适应了黑暗，不再觉得黑夜有当初那么可怕了。

为了让儿子轻松一点，我对儿子说："你听说过在这个沙漠里有飞碟吗？""当然听说过了。"儿子回答。"那你知道飞碟喜欢在黑夜里出没吗？"我又问儿子。"当然知道。"儿子又说。"也许今天夜里我们还能碰到飞碟，见到外星人呢。"我又说。"那可不一定。"儿子用老气横秋的语气说。"如果今晚遇到外星人，你想问他们什么呢？"我又问儿子。儿子想了一会儿，才用两只小手比划着说道："我要问他们有什么办法让我就这么一下学会所有的知识，以后我就再也不用去上学了。妈妈，你呢？你想问他们什么呢?"儿子反问我道。"我嘛?"我说:"我要请教如何保持永远年轻和美丽的秘方。这样,我就可以不再变老了。""我也想要这个能变年轻的秘方!"儿子大声说。"你不需要,你已经很年轻了。"我笑着回答,儿子也笑了。

我的儿子非常喜欢沙漠,他从小对迪斯尼乐园并不太感兴趣,却对沙漠情有独衷。儿子曾经说过,等他长大以后,要去非洲的撒哈拉,去见识真正的大沙漠。

这时,天色突然由黑转亮,好像刹那间亮起了无数盏灯光。"夜不会这么短吧?"我想。就在这时,儿子忽然大声叫道:"妈妈,星星,好多好多的星星!""在哪里?"我问。"在天上!"儿子说。我赶紧向上望去,天呢!真的有许多许多的星星。它们密密麻麻地一个挨一个,一个叠一个,你挤我,我挤你,而且个个都那么明亮,不停地闪耀着灿烂的光芒。

"啊!沙漠中的星空,也许只有在沙漠里才能见到这突然出现,又如此独特的星空吧。"我心里想。"我要停车看星星!"这时儿子又大声说道。他已经完全忘记了黑夜,整个人都被星星照亮了。

我小心地把车停在路旁,打开车子的天窗,让儿子伸出头去,看那个美丽无比的星空。儿子站在车座上,踮起脚,两只小手紧紧地握住天窗的两边,仰起头,睁大眼睛,望向天空。只听他喃喃地说:"好多的星星啊!我从来没有见过这么多的星星。"好像怕说话声音大了,会把星星吓跑似的。此时,儿子的脸上流露出极度的喜悦之情。

跳吧，卡萨布兰卡

　　我还是第一次见到他有这样的表情。这表情远远超过在圣诞节时，他得到了盼望已久的礼物时的表情；也远远胜于当他过生日时，我带给他惊喜时的表情。

　　我被儿子的情绪感动了。我想："虽然他们这一代人，有丰富的物质和精神生活，但是，最终儿子的心还是被星星所打动。"

　　记得当我像儿子一样年龄的时侯，也经常跑到公寓的楼顶上去望星星。城市中的星星不如沙漠中的多，也不如沙漠中的亮，但也是非常壮观的。有时还能见到划过夜空的流星，和永远做匀速运动的人造卫星。我的童年和少年时的许多时光，是与星星一起渡过的。

　　因为已经是初冬，既使在沙漠里，也有一些寒意。我劝儿子坐回到车里来。他极不情愿地坐下来，眼睛却依然恋恋不舍地望向那片灿烂的星空。

　　我们的车终于驶出了沙漠，开进了一个灯火辉煌的小镇，停在一个加油站旁。我给这辆载我们出沙漠的汽车加满了油。进屋付钱时，我顺便向收钱的老人提起了那个奇怪的，沙漠中的小镇。老人说："那个小镇，我们这里的人都叫它鬼城。因为那里的大多数居民都已经搬出了小镇，因此而得名。但是其实镇上还有一户人家，住着两位七十多岁的老人和两个小童。除了周末以外，小童每天都要到这个镇上来上学。"说着，老人用手指向挂在墙上的照片："看，那个老妇人。"我顺着他的手指望去，只见一个花枝招展，身穿十九世纪服装的老妇人，正在台上舞着。"她每星期六晚上，都在那个小镇上的小剧院里表演，可以买票去看。"收钱的老人继续说道。这下我明白了，因为今天不是星期六，这个老妇人不表演，所以剧院前的那几把长椅便被锁了起来。

听说在美国有很多这样的小镇，由于年轻人离开了生养他们的故土,去了大城市，老年人又逐年消失，因而成为所谓的"鬼城"。

谢过收钱的老人，回到车上。这时，儿子已经在车里沉沉地睡着了。他略显疲倦的脸上，充满了满足和安宁，也许此时他正在甜蜜的梦乡里，梦见让他无比惊喜的星空，沙漠中的星空。

英吉利海峡

　　又独自一人坐在像来时一样空空的车厢里，又要再一次穿越英吉利海峡，或者叫做"乐梦诗"海峡。英法两国人民虽然隔峡相望，语言、性格和风俗习惯却大不相同。但是在他们之间还是存在着一些剪不断，理还乱的联系。就连当代有名的英国王妃戴安娜也是葬身在巴黎的。刚才与朋友们来火车站的路上，又穿过了那条夺去了戴安娜生命的隧道。每次经过那里，我都不能相信就是那条其貌不扬的隧道结束了一代艳妃的生命。

跳吧，卡萨布兰卡

上

一

　　离开那个笑脸相迎的英国海关小姐后，我便提着随身带的简单行李步出了机场。边走还边回味刚才那张格外热情的笑脸，因为从海关官员的脸上得到那般微笑，并不是人人也不是每一次都能享受到的。这也算是伦敦给我的一个见面礼吧。

　　我叫了一辆停在机场外面的老爷式的伦敦出租汽车。打开不是向前开而是向后开的车门，坐在了位于车尾的那张长长的座位上。在飞机上，我的腿已经弯曲了几个小时，这时，能伸直腿坐着自然觉得很舒服。

　　出租汽车司机是一个身材高大的英国人，四十几岁的样子。他为了不让自己的头碰到车顶上，这时正略微蜷缩着身躯开车，十分辛苦的样子。

　　出租汽车开出机场以后，就上了一条通往伦敦市区的高速公路。欧洲的高速公路没有北美洲的高速公路那么宽。这里的高速公路的两边通常用水泥路栏围起来，所以行使在路上的车就好像是行使在河堤内的船。我也不习惯这种人在右边开车，车在左边行使的习惯，总是感觉我们的车去了人家的车道。

　　"小姐，你从那里来？"司机问我，他的声音闷闷的，可能是因为天气热，车里又没有空调的缘故。"我从加拿大来。"我大声回答，好让声音压过汽车发出的噪音。"从加拿大来的？那里很冷呀！"司机说。"这时那里不太冷。"我又大声回答。"加拿大很美丽！我曾经去过那里。"司机开始滔滔不绝地讲述一些他在加拿大时的生活经历。说到高兴时就忘记了弯曲腰身，头便在车顶上碰得砰砰响。

我边听司机介绍加拿大边望向车窗外，头发被从敞开的车窗吹进来的暖暖的风弄得乱乱的，心里感到很舒服，也不再觉得多么闷热了。

这时的车窗外是夏季的浓绿色，衬着伦敦灰朦朦的天。也能见到伦敦那些颜色比较深沉和单调的房屋。那些房屋的颜色就像英国人的性格，有点太过于严肃，不善谈笑。但是伦敦郊区的有些地方还是很美的。尤其是像现在这样的夏季，在那些美丽的地方，就能见到片片浓绿中的朵朵艳丽色彩，还有很传统的外墙面上有木制拼图的英格兰式小屋。这独特的美景也向世人展示了伦敦迷人的一面。

不久，我们的车就驶进了伦敦市区。车窗外的景色也换成车水马龙的都市风景了。那些很有伦敦特色的双层红色巴士和同样是鲜红色的电话亭不时地闪过车窗。穿着笔挺的路人也匆匆而过，漂亮的鞋子走在湿漉漉的像是刚下过雨的地上发出劈啪劈啪的响声。

我们的车再右转几下又左转几下就已经见到了白金汉宫。司机说："女皇这时不在宫中，因为今天早上她已经去了温沙城堡。"听说女皇这时不在宫中，我似乎觉得有些遗憾，因为有女皇在里面和没有女皇在里面的白金汉宫看起来虽然没有什么不同，但是感觉上就大不一样了。

英国的女皇当然也是加拿大的女皇。虽然近年有些加拿大人吵嚷着要脱离女皇的统治，但是因为大多数效忠女皇的加拿大人的坚决反对，所以加拿大目前仍属于英联邦，女皇也仍然是加拿大最高权利的象征。

从白金汉宫再往前不远就是王储查尔斯的宫殿。这个英国王储的宫殿看上去并不高大也不十分庄严，反而有几分冷清。穿过查尔斯王储宫殿前的一条小街，很快就到了我要入住的酒店——瑞滋酒店。

这家瑞滋酒店开在一座老式的建筑物里，大门并不很气派。看上去与酒店赫赫有名的名字并不太般配。与司机道别后我走进了酒店大堂。这个所谓的大堂其实只是一间不大的厅，靠墙有一个柜台，但这里只是礼宾部，要登记入住就要转去另一个更小的房间。于是我便进到那个像是一个大办公室似的房间里，说了姓名以后，站在柜台后面的中年先生就已经又是笑容满面了。"莫非今天英国人的性格都变得随和了？"我心里这么想着，也还他一个可爱的微笑。这位笑容可亲的先生递给我一张表格让我填写，又交给我房门的钥匙，接着又极热心地指引我如何去到电梯那里。谢了这位快乐的先生，穿过刚进来时经过的大堂，再往里走就能看出这个酒店的与众不同之处了。

原来在不起眼的大门和大堂的后面竟然是别有洞天，让我有一种柳暗花明又一村的感觉。通往电梯去的那个又高又长的宽大的走廊被装饰得金碧辉煌，走廊的两边有不少矮矮的，看上去非常讲究的小桌子，那是供人饮下午茶的地方。因为正是下午茶的时间，所以这里已经坐满了衣着华丽，打扮入时的茶客。

英国人喜欢饮下午茶早已是闻名于世的了，而这家瑞滋酒店的下午茶在整个伦敦都是很有名气的，因此每到下午茶的时间，这里就会坐满前来饮茶的高官达贵们。

穿过这条走廊兼下午茶的茶厅，左手是一个装饰更加讲究的餐厅。客人要穿戴讲究和整齐方可入内就餐。右手边就是电梯。前面是另一个餐厅，厅的那边好像又是一个什么厅。总之，这家酒店像一个长长的盒子，左右不太宽，但是却很深。一个厅套另一个厅，仿佛没有尽头。

这里的电梯是两个样式很老的电梯，但也装潢的非常讲究。我登上其中的一部去了四楼。楼上的走廊不太宽，却很有家庭味道，给人宾至如归的亲切感。我的房间是一间普通的双人房间，装饰得很有欧洲乡村风格。小碎蓝花的被褥和窗帘，一切都覆盖在蓝白相间的色彩下，看上去朴素也舒适。

窗外可以见到一条购物街，一家店连着下一家店，街上的人却不太多，几个在等客人的司机正靠在各自的车上闲聊，头上顶着灰朦朦的天。

二

莫里先生是一个印度血统的英国人，他已经在伦敦生活了四五十年。莫里先生主要做丝绸生意。在伦敦，他有一家规模不小的丝绸加工厂，主要加工丝绸睡衣。莫里先

跳吧，卡萨布兰卡

生还从台湾进口丝绸布料。据莫里先生说，在英国有点儿钱的人都喜欢穿丝绸面料的睡衣，所以他的生意一直都很好。现在莫里先生在伦敦郊区拥有一座漂亮的、已经有一二百年历史的住宅，每天开着豪华轿车，过着舒适和富有的生活。

莫里先生的太太罗拉是一个爱尔兰女人，身材高大，人也很漂亮，与莫里先生瘦高的身材很般配。不论他们俩人到哪里，从来都是很醒目的一对。罗拉为莫里先生生了两个儿子，一个现年十五岁，像极了罗拉太太；另一个二十四岁，与莫里先生如出一辙。

前年夏天来伦敦时，在另一个朋友的家宴上认识了莫里夫妇，后来我们便成了朋友。这次来伦敦就是应莫里夫妇的邀请，参加他们的大儿子克里斯安的婚礼。因为我比原定的时间早来了两天，所以就一个人先来了酒店。我的朋友们都知道我很少在预定好的那天到达，但也从不晚到。如果在约好的到达日期以前接到我已经到达的电话，他们并不惊讶，要是在约好的那天在机场见不到我他们也不奇怪，因为他们知道那时我一定已经在哪家酒店里住下了。其实我习惯早到或叫不按时到达只是为了给自己一点单独存在的时间，以便可以享受一下旅途中难得的一个人的世界。

两天后才打电话给已经从机场空手而归的莫里夫妇。照例道过歉，然后告诉他们我住在瑞滋酒店。我刚给他们打过电话没多久，他们两人就已经风尘仆仆地赶到了瑞滋酒店。在那间豪华的餐厅里，他们与我拥抱亲吻之后，就开始善意地责备我不应该一个人住在这里，应该住到他们家去。于是我又照例道过谢，随后交给他们我带来送给他们的长子克里斯安的结婚礼物，这样明天我就可以潇洒地只身空手赴宴去了。

第二天一早，酒店大堂就已经打电话上来，说结婚的彩车已经到了，要接我去教堂。"为什么这么早就去教堂？"虽然我有些疑问，但我还是急匆匆地下楼去了，因为我不想因我而延误去教堂的时间。我刚一走出电梯就被吓了一跳，因为酒店的服务生这时都一字排开，穿着整齐的西装，手握鲜花，像夹道欢迎也像夹道欢送。当见到一身素衣素衫好像看热闹的路人一样的我，他们也不禁一惊。原来他们在欢送我去参加婚礼，并误认为我是新娘了。

抱着一大束本不属于我的花，在众人的簇拥下走出酒店，神气得就像当年的戴安娜王妃一样。见到前来接我的车才明白为什么他们会这样对我。原来那是一辆专为接新娘准备的花车。素白色的鲜花围绕在白色的车身上，车的前面还装饰有新娘和新郎摸样的两个小人，车的后面装饰着两颗紧紧靠在一起的心，两颗心的下面写着"我们结婚了"的字样。莫里先生这时正笑嘻嘻地打开车门请我上车，并解释说："因为要到下午才去接新娘，可是车已经早早地装饰好了，所以就这么开来接你了。"谢过众人之后，再把一大束鲜花塞给莫里先生，顺便也感谢他一番真诚的美意，然后我就美美地坐进了今生从未坐过的，漂亮的，新娘的花车里去了。

我们的车逐渐地驶近了莫里先生的家。
今天，莫里先生的家格外漂亮。房子外面和花园里都

跳吧，卡萨布兰卡

装饰了很多鲜花。一张白色的大棚像一朵洁白的祥云停在花园的上方，下面就是供客人就餐的整整齐齐地排开的圆桌子。每张桌子上都摆放着一大盆美丽的鲜花。这真是一个美丽又隆重的婚礼！

新郎克里斯安是一个长的十分帅气又很斯文的青年。此时，也许因为太兴奋，他显得有些紧张，看上去不像是他娶新娘，而是要出嫁一样。

与莫里先生的家人和客人们在鲜花丛中坐了好一会儿，也说尽了赞美和祝福的话，这时才真正到了应该去教堂的时间，于是，我便随他们一起去教堂了。

在教堂里，我目睹到新娘的风采。新娘是一个非常美丽的印度血统的女孩儿。此时她按照英国人的传统穿着洁白的婚纱，在婚礼进行曲中与她的父亲一起缓缓地走进教堂。我转头望向莫里先生，这时他正骄傲地昂着头，挺直背，显得更加高大魁梧。他的表情明明是在向世人告之，他为自己的儿子而骄傲；更为来自自己故乡的印度美女而自豪。

婚礼仪式后，新娘和新郎双双驾车离去享受蜜月。客人们和莫里先生的家人聚集在莫里先生的美丽的花园里，在鲜花与美酒中度过了一个热闹的夜晚。

第二天，我坐火车离开伦敦去了巴黎，到那里参加几个法国朋友的服装设计发布会，顺便也去重温美丽的巴黎梦。

火车站离我住的酒店并不远，从那里乘高速列车穿过英吉利海峡就可以直接到达巴黎了，很快也很方便。莫里夫妇到火车站给我送行。在火车站上，我与莫里先生和他的太太拥抱，吻别，并连声答应他们请我明年再来伦敦，看他们那个现在还不知道在何方的小孙子的请求。多么可爱的老人家啊！

我离开莫里夫妇上了火车。车上的人很少，我坐的那节车厢里只有我和一对来自台湾的年轻的中国情侣。

火车慢慢地驶出车站，一座座深棕色的建筑物和同样颜色的墙壁被抛在了车后。火车急急地向英吉利海峡驶去，向法国驶去。

下

火车一钻出英吉利海峡的海底隧道，我就觉得眼前豁然一亮。在那片像海水般广阔和清澈的蓝天下，星星点点的彩色的法国式的小屋点缀在绿色的草地上，好一副法国田园风光。这里的景色与英吉利海峡那边的英国景色相比，显得自然、浪漫、也更有色彩。如果把英国比做一个年老而雍容华贵的贵妇，那么法国就像是一个美丽而又浪漫的少女。

法国人的浪漫可以表现在任何地方。就拿被英国人称为"英吉利"的海峡来说，法国人就叫它"乐梦诗"海峡，意思是衣袖形状的海峡，因为这个海峡的形状很像一只衣袖。法国人既不称海峡为"英吉利"海峡，也不以自己民族的名字称呼它为"法兰西"海峡，而是以海峡的形状给它一个既形象又浪漫的名字。由此可以看出，生活在海峡两边的不同民族的截然不同性格了。

跳吧，卡萨布兰卡

　　火车快到巴黎的时候，一个身穿制服的查票员走进了我们这节车厢。他是一个中年人，看上去像是一个英国绅士。他先查过那对年轻情侣的票和护照，然后，才向我走来。"小姐，请出事你的护照和火车票。"说着一口伦敦口音的英语，带着很亲切的笑容。我递上早已为他准备好的火车票和我的护照，也带着一脸甜美的微笑。

　　查过护照和火车票后，也就算是过了英国和法国两边的海关了。离开车厢之前，那位英国绅士也没忘记说祝我们在巴黎玩得愉快。

　　火车缓缓地驶进了巴黎火车站。一下火车，就见朋友阿蓝和伊琳娜站在那里四处张望。阿蓝手里还举着一个牌子，上面写着"妮歌"。我觉得好笑，过去拍了他一下说："阿蓝，你不认识我吗，要拿这么个东西？"见到我，阿蓝和伊琳娜都很高兴，也顾不得回答我，阿蓝抢先说道："我早知道今天能等到你，看！你真的到了！"伊琳娜也随后说道："昨天你打电话来说后天才到巴黎，我们不相信，阿蓝对大家说不要信妮歌的话，她今天一定到巴黎。"看到他们俩一脸得意的样子，我也忍不住笑了出来。

　　阿蓝是一个年轻的服装设计师。他的个子不高，人长得很清秀，一头浅棕色的长发垂在肩上，一双蓝色的眼睛深深地陷在眼眶里，眼光朦胧也带几分忧郁。伊琳娜是一个娇小的法国女孩儿，有黑头发黑眼睛和极其白皙的肌肤，是一个黑白分明的美人。伊琳娜是一个画家，也是阿蓝的女朋友。这次我到巴黎来是为了参加阿蓝和他的几个朋友的服装发布会。

　　与阿蓝和伊琳娜一起坐进他们的车里，慢慢地开过两边摆满服装摊位的街道。阿蓝说："这些摊位都在卖一些廉价的巴黎制造的服装。每天都吸引世界各地的商人前来购买。因为在这些便宜的服装上面印有巴黎制造的标记，所以运到国外就身价倍增。也因为这个原因，接近火车站的这几条街总是很拥挤。"

　　离开热闹的服装街后，我让阿蓝和伊琳娜先送我去酒店，也说好明天一早过来接我去服装发布会的会场。

　　到了位于凯旋门旁边的一家酒店，与阿蓝和伊琳娜告别后，我就步入了这家像是一座公寓似的小酒店。刚一进入大厅，就听到有人大叫一声"妮歌"，我不由得吓了一跳，因为我以前从未住过这个酒店，所以这里不应该有人认识我。我寻声望去，只见两个笑嘻嘻的法国年轻人正站在大门旁的服务台后面望着我。"你们在叫我吗？"我也笑眯眯地问。"对，妮歌，我们在叫你，因为今天只有一个客人来住宿，所以知道你一定是妮歌。"其中一个高一点儿的年轻人回答。当时我并没有在意他说的一个人住宿的真正意思，因为我只顾得欣赏他们的法国式的热情了。

　　我继续往里走去，来到一个只有一米长的小柜台前，知道这里应该是接待处了。柜台后面的先生帮我办完入住手续后，又建议我兑换了一些法国法郎。一切办妥后，我便拿了房间钥匙去了电梯。其实电梯就在离小登记柜台一米远的地方，从柜台那里稍稍地挪一下身就已经到了。这个电梯也是唯一一台通往楼上的电梯，样式比伦敦瑞滋酒店的电梯更加古老。电梯里面有一扇铁栏杆式的门，进到电梯里要先关好铁门以后，外面的那道木门才能自动关上，这时电梯才去了我指示的三楼。到了三楼走出电梯一看，那里也是空荡荡的。转来转去找到了我的房间。开门进去又见到一个意想不到的见面礼。原来房间的墙壁上都画满了壁画，让我以为走进了一个画廊而不是卧房。壁画的色彩非常艳丽，画的像是发生在十八九世纪时的一个法国的故事。房间的窗户上挂着深红色的又长又厚的温莎窗帘。大大的床上也铺着深红色的被褥。在房间的正中有一个小圆桌，桌上有一个冰桶，桶里是一大瓶法国香槟酒。这一切又一次让我感受到了法国人的浪漫式的热情。

这时楼下服务台打来电话询问对房间是否满意。我回答说："非常满意，而且也很喜欢墙上的画。"电话里的人又热情地建议我去楼顶的餐厅就餐。还说从那里可以眺望巴黎铁塔，同时也可以品尝纯正的法国菜和法国美酒。

挂上电话后，我就去了楼顶。不全是为了美味和美酒，也为了夏日夕阳下的巴黎铁塔。

在这个小酒店住了一夜之后才知道，原来那天晚上这家小酒店真的就只有我一个客人住宿。楼顶上吃晚饭的人只是幕名前来品尝美味的食客。

第二天，阿蓝接我去了他们位于塞纳河边的服装设计发布会的会场。在那里，我见到了久违的朋友们。这些朋友都是我每次来巴黎认识的，是经过一个朋友一个朋友介绍去，不知不觉就认识了这么多。在他们当中有一脸雀斑的胖胖的爱娃，她是一个作家。有瘦高而腼腆的西蒙，西蒙像伊琳娜一样也是一个画家。还有红头发的格里高利，他是一个出色的室内设计师。剩下的几个十分帅气的年轻人都像阿蓝一样是服装设计师。

与朋友们一起又写又画地忙了一天，最后布置出了一个既简单又充满现代艺术气息的会场。工作结束后，大家一起来到了著名的香榭里舍大道。傍晚的香榭里舍大道的两旁早已坐满了人。法国人喜欢坐在街旁消遣就像英国人喜欢下午茶一样闻名。即使在加拿大的法国人聚集的地方魁北克，也依然保留了这个习惯。每到夏天的晚上，在魁北克的大城市蒙特利尔的市中心，从天刚黑到几乎天明，街道两旁总是坐满人。有人喝啤酒，有人闲聊，还有人只是在街上走来走去，非常热闹。有时夏天里，我也从多伦多特意开车去蒙特利尔，加入那些走来走去的人群，享受法国人的生活方式。

我们一行十几个人找了一张街旁的大桌坐下，大家一起享受美酒与果汁，以及法国人视为美味中的美味的牡蛎，还有夕阳之后的凉爽与灯火辉煌的闻名于世的香榭里舍大道。

第二天的服装发布会非常热闹。虽然服装只是由一些比较年轻也不很知名的设计师设计的，但是前来参加的人还是挤满了会场。T形台上的模特穿梭如流，身上的服装新潮别致，闪光灯也闪烁不停。

我坐在大厅的一个比较安静的角落里，像看戏一样观看这里的一切。在我的眼里，模特身上的服装并不是重点，我欣赏的是聚集在这里的形形色色的人和比服装更多彩的人生。

离开巴黎以前，我又一个人去了巴黎圣母院。每次来巴黎我都要到巴黎圣母院去。我喜欢站在广场上仰望这座美丽又神圣的建筑。巴黎圣母院的广场并没有儿时从电影中看到的那么大，但是圣母院看上去就比电影中的神圣多了。巴黎就像一幅百看不厌的画；也像一本永远读不完的

书；更像一个刻在心底，伴我走遍千山万水也不离不弃的
朋友。

　　上火车之前，我与朋友们一一吻别。也约好明年的某
个时间一定再来巴黎与他们相聚。

　　又独自一人坐在像来时一样空空的车厢里，又要再一
次穿越英吉利海峡，或者叫做"乐梦诗"海峡。英法两国
人民虽然隔峡相望，语言、性格和风俗习惯却大不相同。
但是在他们之间还是存在着一些剪不断，理还乱的联系。
就连当代有名的英国王妃戴安娜也是葬身在巴黎的。刚才
与朋友们来火车站的路上，又穿过了那条夺去了戴安娜生
命的隧道。每次经过那里，我都不能相信就是那条其貌不
扬的隧道结束了一代艳妃的生命。

　　穿过海峡后，我又回到了称这个海峡为英吉利海峡的
英国。

大漠情思

　　虽然这是我有生以来第一次来到撒哈拉沙漠，但是我并没有觉得自己只是一个观光者，反而有一种宾至如归的感觉。这大概是因为我受到了路易斯的感染，也把撒哈拉视为自己的故乡了。身居国外这么多年，已经走过许多繁华的城市和发达的国家，但是最让我心动的还是这个荒凉又广阔的撒哈拉沙漠。因为撒哈拉用她的包容和博爱，像慈母一样敞开自己的温暖胸怀，迎接远走他乡最终又归来的孩子们，为他们抚平伤痛，也给予他们生活的勇气和再次奋斗的力量。

跳吧，卡萨布兰卡

　　以前，我和儿子从加拿大的多伦多开车去美国纽约的时候，每次都是在清晨一两点钟才到达那里。而且,我们每次都迷失在什么街什么道的黑人居住区里，也都被黑暗中在街道两旁晃动不停的人影吓坏。后来,再去纽约时，我便向朋友找来了他的黑人朋友一起前往。那一次当我们又在黑暗中到达美国纽约时，因为有我们的黑人朋友在车里，所以，有史以来第一次不惊不慌地，轻轻松松地就找到了我们应去的酒店，也因此认识了路易斯，一个祖先来自非洲的黑人后代。

　　与路易斯作了一次旅伴以后，回到多伦多也就自然成了朋友。路易斯曾经告诉我，他的最早来到北美洲的祖先来自非洲的丛林。但是他的曾外祖父却来自非洲的撒哈拉沙漠。他的曾外祖父不是黑人而是阿拉伯人。路易斯还说，他的祖母既不是来自非洲的丛林也不是来自非洲的沙漠，她来自中国，是一个中国人。最后路易斯对我说，人人都说他的眼睛长得很像中国人的眼睛，说的时候,他还睁大双眼让我仔细端详，只可惜，我认为他那双黑白分明的眼睛，长得一点也不像中国人的眼睛，因为路易斯的眼睛又大又圆，实在是两只非洲人特有的双眼皮大眼睛，所以我的回答当然与他期待的相反。但是我告诉他，他的眼睛虽然不太像中国人的眼睛，但是却很漂亮。

　　虽然路易斯的祖先来自非洲，但是他却从未去过那里。因为他生在美国长在加拿大。可是路易斯却非常热爱非洲，也经常如醉如痴地与我谈论非洲。谈的最多的当然是非洲的撒哈拉沙漠，他曾外祖父的故乡。那个让路易斯觉得比自己出生的国土美国和他的更远的祖先的故乡非洲丛林还要亲切的地方。

路易斯看上去是一个纯正的非洲人。他有黝黑的皮肤，卷曲刚硬的黑发和黑人特有的厚嘴唇。路易斯也喜欢把头发拧成一缕一缕的堆在头上，很有黑人特色。但是路易斯的个子却不太高，他的身材倒有些像中国人。第一次见到路易斯时，觉得他的外貌和发型很像某某足球明星。路易斯的个子虽然不高，但他却能跳得很高，动作也非常敏捷。如果不是身高上的不足，我想他一定能成为一个体育明星。

从路易斯的外貌上很难看出他的实际年龄，因为他看上去从二十多岁到四十多岁都有可能。路易斯没有读过什么书，以训狗为生，但他看上去并不粗鲁，也能讲一口听来挺有教养的美式英语。

路易斯曾经帮我训练过我的一只大型的日本松田狗，教了我的狗很多规矩。但是当他不在的时候，我的狗就不记得任何规矩了，仍然十分顽皮，我行我素。只有见到了路易斯时它才记起自己是一只受过教育的狗。我一向不太喜欢寻规蹈矩，更何况对我的狗，所以乐得由它去做它喜欢的事情，只要它觉得开心就好。

路易斯在一家狗学校任职，他工作得很努力。工作之余也做狗的家庭教师。路易斯之所以如此辛苦地工作当然是为了能多挣一些钱。可是一开始我并不明白为什么路易斯要这么辛苦地去挣那么多钱，因为他没有结婚，是独自一人生活，所以我觉得他不应该需要很多钱。路易斯没有父亲，他的母亲一个人住在加勒比海上的一个美属小岛上，也不会需要太多钱。所以有一次我向他问起这个问题，他的回答让我感动了很久。他说，他同时打几份工,不分昼夜地工作是为了多存一些钱，希望将来有一天能够回到非洲去，特别是回到撒哈拉去，看一看自己祖先曾经生活过的地方。

有一次路易斯突然很晚打电话给我，说他被老板开除了。因为他不愿被白人老板欺负和看不起，所以他失去了工作，失去了住房，也没有了收入。

接了路易斯的电话后，我就带上儿子开车赶到路易斯与我在电话中约好的地方，那是位于市中心的一个公共汽车站。到了那里，路易斯又急急地讲了一遍他的遭遇。我明白路易斯是为了自己的尊严和人格放弃了他生活所需要的一切。那晚我借了一些钱给路易斯，帮他度过眼前的难关。

当我带着已经熟睡在车中的儿子开车回家的时候，我默默地祝福路易斯能尽快地找到新的工作，开始新生活。也希望他能早日实现自己的梦想，回到那个他日思月想的遥远的故乡。

从那天晚上以后，有一段时间,我没有得到任何有关路易斯的消息。

大约半年左右，有一天我又突然接到了路易斯的电话。电话中他的声音低沉，听起来很忧伤。我忙问他的近况如何，工作之事怎样了？路易斯说，最近他的身体不太好，因为肾衰竭在医院住了很久，最后还是被切去了一个肾脏。现在虽然出院了，但是身体仍然虚弱，还不能工作。他去加勒比海的母亲那里住了一段时间，本来已经不想再回到加拿大来了，只想在那个小岛上了此一生。后来还是因为他的那个撒哈拉的梦想才又让他鼓起生活的勇气，所以他又回到了多伦多。路易斯打了这个电话以后又没有了音讯。有时我想起他来还真有些为他担忧。

几个月又过去了。一天，路易斯突然又打来了电话，这次他在电话中的声音听起来很不错。他告诉我，他的身体已经康复了，只是不能再像从前那样做太累的工作。现在他和一个朋友合伙开了一个网页设计公司，生意还不错。听路易斯说他的新生意竟是电脑网页设计，我还真有点不太相信。因为训狗和网页设计实在是两种截然不同的工作，也需要根本不同的知识和技能。后来路易斯解释说，他的那个朋友是这方面的专家，他只是做这个朋友的帮手。同时，他也边干边学，希望有一天自己也能成为一个电脑网页设计的行家。听了路易斯的话，我从心里替他高兴，也很佩服他的勇气。后来路易斯又补充说，他现在已经有一些收入了，所以很快就能把从我这里借的钱还给我，而且如果一切顺利的话，相信用不了多久他就能挣够去撒哈拉沙漠的费用了。

从那次公共汽车站一别至今，我已经有一年多没有见到路易斯了，只是从他给我的两次电话中获知他的消息。

因为没有路易斯做旅伴，我和儿子也已经有很长时间没有开车去美国纽约了。

一年又很快地过去了。一天，我正在家中准备打印一些已经写好的稿件。当我打开电脑时，竟意外地看到了一个设计精美并很有时代感的网页。再看下去才知道那是路易斯给我的，他专为自己设计的网页。在他的网页里他

跳吧，卡萨布兰卡

给我写了这样一段话："妮歌，在这个世界上知道我的梦想的人不多，而你就是其中的一个。几年来，我们虽然并不经常见面，但我却能时刻感受到你的那颗真诚待友之心。祝你快乐！也请你祝我早日实现我的撒哈拉之梦。你的朋友路易斯。"我是一个表面坚强乐观，其实内心脆弱又敏感的女人，所以很容易被一些带有感情色彩的话所感动。这次也不例外，路易斯短短的几句话已经又让我热泪盈眶了。

友情是人生中不可缺少的一份感情，虽然友情不如亲情、爱情般亲近和热烈，但友情却是一种比亲情、爱情更广阔的感情，它是无论走到天涯海角，都围绕在我们身旁的与朋友保持联系的纽带。

从那天以后，我更热心地到访路易斯的几乎每日都更新的网页，也为他的进步而高兴。有时我想，其实路易斯是一个很有才能的人。训狗时，能把狗只训练得极有规矩；设计网页时又能把网页设计的如此精彩。这也说明他是一个有潜在艺术天赋的人，如果他愿意，说不定还可以成为一个艺术家、画家什么的，而不仅仅是当初我认为的一个体育明星。

以后在我的电脑中常常能见到路易斯的消息和行踪，有时还能见到他的照片。在那些照片当中有他工作时的照片，也有他与自己心爱的狗在一起的照片。有一天,我竟然收到了很多他在沙漠中的照片，在他身后的那片一望无际的浩瀚的沙漠竟是路易斯梦中的撒哈拉沙漠。"怎么，路易斯已经去了撒哈拉！"我惊讶极了。他竟然没有透露一点消息给我，看样子路易斯是想给我一个意外之喜。那些照片都是路易斯从撒哈拉用电脑在第一时间传给我的快像。每张照片上都充满了路易斯心满意足的笑容。从他的笑容里，我能深深地感受到他内心的无比喜悦之情。后来，路易斯也经常送来他在撒哈拉的故事，篇篇生动并充满激情。仿佛他的撒哈拉给了他无穷的力量和更多的智慧，使他这个曾经想在加勒比海的小岛上默默地度过余生的人又燃起了生命的火焰，活力倍增，人也因此而容光焕发。望着路易斯披着一身撒哈拉的灿烂阳光，骄傲地站在自己渴望已久的故乡的土地上的照片，使我真想与他一起行走在他的故乡撒哈拉的沙海之中。

每天欣赏路易斯的网页几乎已经成了习惯。那些源源不断传送过来的饱含撒哈拉风情的照片简直让我目不暇接。也每每让我产生一种冲动，想要飞到撒哈拉去，与路易斯一起分享撒哈拉的迷人的魅力。

飞机终于降落在摩洛哥的城市卡萨布兰卡。一走出机场就见到前来接我的路易斯。这时的路易斯已与我在加拿大认识的路易斯判若两人。他的脸上充满自信的笑容，人也显得高大了一些。见到我，路易斯像个大孩子一样雀跃地向我扑来，嘴里还不停地喊着："妮歌，妮歌，你终于来了。"他的热情和快乐也感染了我，我们紧紧地拥抱在一起。

在卡萨布兰卡休息了一天以后，我和路易斯就去了撒哈拉沙漠。经过长途跋涉，我们终于接近了西撒哈拉，从那里，我们便驾驶路易斯的吉普车向沙漠的深处驶去。

跳吧，卡萨布兰卡

　　虽然这是我有生以来第一次来到撒哈拉沙漠，但是我并没有觉得自己只是一个观光者，反而有一种宾至如归的感觉。这大概是因为我受到了路易斯的感染，也把撒哈拉视为自己的故乡了。身居国外这么多年，已经走过许多繁华的城市和发达的国家，但是最让我心动的还是这个荒凉又广阔的撒哈拉沙漠。因为撒哈拉用她的包容和博爱，像慈母一样敞开自己的温暖胸怀，迎接远走他乡最终又归来的孩子们，为他们抚平伤痛，也给予他们生活的勇气和再次奋斗的力量。

　　在撒哈拉沙漠特有的强烈的阳光下，路易斯黢黑的脸庞闪着金属般的光泽。已经剪短的黑发仍然硬硬地竖在头顶上。在他的雪白的T恤衫上印着大大的"撒哈拉"的字样，一副被撒哈拉母亲宠爱的模样。

　　我们的车在沙漠中的公路上跳跃地行驶着。远处几座极有沙漠风情的小屋漂浮在沙海之中。

加利弗尼亚的阳光

　　车窗外的晚风吹散了身上的暑气。蓝斯的漂亮石头就放在车前面的玻璃窗下。由于没有阳光的照射，它已经失去了美丽的金色光环。这种漂亮的石头，曾经使很多人为之倾倒，也使他们倾家荡产，它记载了一段人类的历史和加利弗尼亚的兴衰。这些美丽的石头也告诉我们一个道理："表面漂亮的东西并不一定宝贵；而像真金一样宝贵的东西有时也不一定美丽。

跳吧，卡萨布兰卡

"莎莎，你看这是什么？"阳光下，蓝斯递给莎莎一块拳头大小的，闪着夺目光彩的，像黄金一样美丽的东西。

"金子！你有这么大的一块金子！"莎莎接过那块闪闪发光的，今生从未见过的宝贝，惊讶地喊到。

"冷静！请冷静！你怎么一下子会兴奋成这个样子？"蓝斯的表情比莎莎看到金子的表情还要惊讶。

"我可从未见你这么见宝贝眼开过。"蓝斯少有地睁大眼睛又说。

蓝斯的眼睛很美，总给人深不见底的感觉，也好似被两扇窗隔在外面的两片不可捉摸的蓝天，现在因为莎莎的一句听起来有些贪心的话，蓝斯竟然打开了那两扇窗，让莎莎见到了那两片很难见到的蓝天。

"蓝斯，你说这是不是真的金子？"

"当然不是真的金子啦。"

"那它为什么这么漂亮呢？"

"因为它看上去很像真金子吗。"

"这块东西到底是什么呢？"

"其实它只是一种铁矿石。"

"噢，我明白了，它是穿着漂亮外衣的石头。"

蓝斯从莎莎的手中拿过漂亮的石头，把它放在阳光下，眯起双眼仔细端详了一会儿又说："其实，真正的金矿石并没有这么漂亮。"

"但是金子却很美呀。"莎莎说。

"你知道这块漂亮的'金子'叫什么吗？我们叫它愚弄人的金子。"蓝斯说。

这里是加利弗尼亚南部的一片沙漠，上面残留着一些

早已经废弃了的金矿。从那些金矿的遗迹上，依然可以看出，或者说想象出当年淘金人的艰苦的生活。有的金矿还留有用来运输矿石的铁轨和小火车。也有淘金人住的早已破烂不堪的住房，以及被掏空的矿井。

莎莎和蓝斯背靠在他们的吉普车身上，坐在一个已废弃的小金矿附近的沙地上。他们俩也刚好被车身带来的阴凉罩住，可以避开沙漠中似火的骄阳。

今天是周末，蓝斯和莎莎一早就从洛杉矶开车来到这片几乎没有人烟的沙漠度假。现在已经进入了春季，洛杉矶早已变得更加艳丽多姿，但是蓝斯和莎莎没有被沐浴在春光中的洛杉矶留住，却来到了荒凉的沙漠里。

以前，他们也常来沙漠度假，因为他们都欣赏沙漠的那种既荒凉又原始的美。在蓝斯的摄影中，在莎莎的画布上都留下很多沙漠的风景。但是今天蓝斯不摄影莎莎也不画画儿，因为他们已经说好这次只度假不工作，所以才有时间坐在沙地上聊天。

"蓝斯，你从哪里捡到的这块'愚弄人的金子'？是不是从那个废弃的矿井里找到的？"莎莎用手指向那个离他们不远的小金矿问蓝斯。

"这块石头是我今天早上特意从家里带来给你看的。它是我爸爸在我十八岁时送给我的生日礼物。听我爸爸说，这块石头是我的爷爷在他十八岁时送给他的。我爷爷从哪里得到的，我就不太清楚了。我想也可能是他的爸爸给他的吧。"

"你的家人过去也淘过金吗？"莎莎问。

"很多很多年以前，我们家人从欧洲来到加利弗尼亚就是为了淘金。因为那时，他们听说，在加利弗尼亚这里遍地都是黄金，所以他们就像当年很多的欧洲淘金人一样，带着自己的黄金梦来到了加利福尼亚。"

"当年来这里淘金的人都是为了这种愚弄人的金子吗？"莎莎问。

"当时的淘金人并不知道那么多金光闪闪的石头并不是金矿石。等到他们发现找到的只是一些假金子的时候已经晚了，因为他们中的很多人这时已经用尽了自己的所有积蓄，没有钱回到那个繁荣文明的欧洲老家去了。在当年众多的淘金者中只有极少数人发了财，因为他们找到了真正的金矿。大多数的淘金人只是做了一场黄金梦，许多人最后还葬身于这片沙漠之中。"蓝斯说到这里停了下来，双眼忧郁地望着远方。

加利弗尼亚的阳光很强，就像它的名字一样。"加利弗尼亚"是西班牙语，"加利"两个字在西班牙语中就是"很热"的意思。

一百多年前的淘金潮使很多人离乡背井来到加利弗尼亚。虽然他们中的大部分人都没有找到真金子，也使他们别无选择地，永远地留在了这块土地上，可是后来，他们却用自己的双手在荒芜的沙漠上，建造了一个比真金还要有魅力的美丽繁荣的加利弗尼亚。

现在，人们又从世界各地蜂拥而至，来到加利弗尼亚求学、工作，好似早年的淘金人一样。可见无论何时，加利弗尼亚始终是人们追求和向往的地方。

也许，这么多年以来，不断地来到这里的人们追求的不是黄金也不是梦想，而是像我一样,为了加利弗尼亚的灿烂阳光。

　　莎莎和蓝斯的衣服早已被汗水浸湿，裸露在衣服外面的皮肤也被烤成红色。蓝斯从车上拿来一个大冰桶，从里面取出矿泉水和食物，还递给莎莎一些冰块。莎莎用冰块冰着发红的肌肤，也贪婪地大口喝着冰凉的矿泉水，只觉得暑气顿时消失。蓝斯又很体贴地把一块冰凉的毛巾盖在莎莎的头上。

　　蓝斯总是这么细心。每次出来旅行，他都会准备的很周全，路上要用的东西一样也不会少。莎莎乐得每次只记得带上自己就好，什么也不必操心。

　　莎莎与蓝斯已经相识了很多年，他们也是很要好的朋友。

　　多年以前，当莎莎还在加利弗尼亚大学进修美术的时候，就已经认识了蓝斯。蓝斯当时在加利弗尼亚大学学习摄影。校园里常常能见到他背着摄影机的身影。那时莎莎经常在校园里写生，所以蓝斯高大匀称的身形常被她捉来画在纸上。

　　有一次，莎莎的这个模特突然出现在她的背后说："你又在画我了！"

　　"奇怪！刚刚才见到他从我的眼前走过，怎么一下就跑到我的身后去了呢？"莎莎心里这么想着嘴里却说："不是你，不是你，你是谁？"说着并没有回头去看蓝斯。

　　"你还不承认？我早就知道你在画我啦！"听他什么都知道，莎莎也只好转过身来。

　　虽然已经画了蓝斯很久，但莎莎却从未看清过他的脸庞。这时突然与他这么近地相对而视，倒让她感到有些措手不及。

蓝斯有一张标准的高加索式的面孔，轮廓十分清晰，也有高鼻薄唇。特别是他的一双蓝眼睛非常美丽。

"我是蓝斯。很高兴见到你。"蓝斯说着，伸出了一只修长的手。

"我叫莎莎。认识你很高兴。"莎莎边说边伸出了自己的手，蓝斯立刻温柔地握住了莎莎那双小巧，柔软的手。

"能不能让我看看你的作品？"蓝斯很有礼貌地问莎莎。

"可以，可以，都在这里，拿去看好啦。"莎莎回答。

蓝斯接过莎莎的画册，一页一页地仔细看，边看边称赞不已。

"莎莎，我也想给你看看我的摄影。"蓝斯说着递给莎莎一个大大的蓝色的相册。

莎莎打开蓝斯的影集，看见里面一张张照片照的全是自己的背影。有在晨曦中的、有在阳光下的、也有晚霞里的，甚至还有莎莎在雨中奔跑的身影。那些照片看上去很生动、很自然，也很美丽。

"哇！这么多！都是我！你什么时候偷偷照的？"

"就在你偷偷地画我的时候呀。"蓝斯调皮地说。

"是吗？我怎么一点也不知道？"莎莎更惊讶地问道。

"因为你太专心画我了吗。"蓝斯又一次调皮地说道。

"你为什么喜欢拍别人的背影呢？"这次，莎莎认真地问道。

"因为人们平时很难见到自己的背影，而且我认为,背影同样也能表现出很强烈的感情。人体除了眼睛和面部以外，背部应该是最能表现人的情感的部位了。"蓝斯说。

想到这里，莎莎不由得望了蓝斯一眼。他这时也正好向莎莎望过来。阳光下，蓝斯的一双蓝眼睛与沙漠上的晴空相互呼应，清澈而温馨。

莎莎和蓝斯的背影正好被午后的阳光斜斜地投射在沙地上。

天渐渐地黑下来，热浪也悄悄地退去，蓝斯和莎莎起程回洛杉矶去。

车窗外的晚风吹散了身上的暑气。蓝斯的漂亮石头就放在车前面的玻璃窗下。由于没有阳光的照射，它已经失去了美丽的金色光环。这种漂亮的石头，曾经使很多人为之倾倒，也使他们倾家荡产，它记载了一段人类的历史和加利弗尼亚的兴衰。这些美丽的石头也告诉我们一个道理："表面漂亮的东西并不一定宝贵；而像真金一样宝贵的东西有时也不一定美丽。

其实，在这个世界上只有一样东西是永远美丽的，那就是阳光，无处不在的阳光。

蓝斯和莎莎就像两个当年的淘金人那样身穿牛仔裤，披着一身灿烂的阳光回到了洛杉矶。

布莱克·博迪先生

　　大约半年以后，布莱克·博迪先生又出现了。他还是那么快乐，只是人却消瘦了许多。后来他对我说："在这半年里我大病了一场，是心脏病，还做了一次手术。"说着他还解开衣扣给我看他的伤疤。我看见一道又弯又长还没有完全康复的伤口横在他的胸前。接着他又说："这六个月里是我唯一的女儿陪我在医院里度过的。"说着眼睛就红红的了，很伤心的样子。这也是我第一次见他这么伤心，不禁也觉得心里痛痛的。

跳吧，卡萨布兰卡

布莱克·博迪先生是一个美国人，来自美国奥克荷马城。他看上去六十多岁的样子，个子在美国人中不算太高，人也不算太胖。他容光焕发的脸上总是带着笑容，给人很亲切的感觉。如果他不笑的时候，便能看出几分年轻时的帅气和英俊。这是十多年前在多伦多第一次见到布莱克·博迪先生时的印象。

我已经有五六年没有见到布莱克·博迪先生了。只是在两年前，他从美国拉斯唯加斯托人给我带来他平安的口信，以及他的最新的地址和电话，那应该是我最后一次听到他的消息了。不幸的是，在他的信使走了以后，我又不知怎么丢掉了他的那张写有地址和电话的纸条，所以我现在无法找到他了。

布莱克·博迪先生是一个独身的快乐老人。他曾经有过一个日本太太，但是在很久以前他们俩就已经离婚了。布莱克·博迪先生与他的日本太太生有一个女儿，这个女儿也是他唯一的孩子。可是他的这个唯一的英日混血（布莱克·博迪先生是英裔美国人）的女儿从外表上却一点也看不出有父亲的血统，而是一个地地道道的日本女人。

那年布莱克·博迪先生带他的女儿和他的外孙子到我在多伦多的家里做客，所以见过他的女儿一面。那时她看上去有四十岁的样子，个子矮矮的，人还算清秀。最喜欢盘膝跪在地上与我交谈。她的儿子也是一个十足的日本男孩儿。听她说她的丈夫也是一个日本人。她们全家现在都住在美国拉斯唯加斯，因为她的丈夫在那里的一家电影公司工作。

布莱克·博迪先生很爱他的这个一点也不像他的女儿

和同样一点也不像他的外孙子。

　　布莱克·博迪先生年轻时是一个美国军人。曾经到过中国的上海，也去过日本，还参加过"韩战"。（这是他对那场战争的称呼）

　　有一次，他与我谈起了那场战争。我告诉他："我的父母都参加过'抗美援朝战争'。（这是我对那场战争的称呼）而且我们中国人打赢了那场战争。"听后他笑眯眯地说："不对，是我们美国人打赢了。"我不服气地又说："是我的父母这边打赢了！"因为多年来受的教育使我相信，是中国人民志愿军打赢了朝鲜战争，所以我才理直气壮地反驳布来克·博迪先生。可他仍是笑眯眯地说："不对，他们没有告诉你真象。""谁没有告诉我什么真象？"我又问布来克·博迪先生。"中国人没有告诉你是我们打赢了这场战争的真象。"他回答，仍是那副和蔼可亲的样子。很难想象他曾经是一个在中国人见人恨的美国大兵。

　　有一次回国探亲时，我向父亲提起了这件事。原以为父亲会暴跳如雷地反驳布莱克·博迪先生，谁知他却平静地说："也许谁也没有打赢那场战争。"

　　布莱克·博迪先生并不计较我是他的"敌人"的女儿，依然对我如故，仍像一个好朋友。

　　布莱克·博迪先生自退伍以后就以赌博为生，因为他天生是一个赌博高手，几乎逢赌必赢。那时他住在多伦多也是为了赌博。在多伦多有一些公司专门经营流动性的慈善赌场。在这种赌场里只许玩扑克赌博，而且一部分收入要交给国家做为慈善之用。布来克·博迪先生就是去这样的流动性的慈善赌场赌博。因为当时我和布莱克·博迪先生住在同一家酒店里，所以能常常见到他。

那时，我总是从中午起就坐在酒店餐厅的一角写故事，直到晚上十点餐厅关门时才离开。而布莱克·博迪先生每天早上出去"上班"。下午四点钟左右一定要回酒店喝咖啡。然后回房间睡一觉，晚上再继续赌博至深夜。

每次他从赌场回来，一踏进酒店大堂总是笑声朗朗，与见到的每一个人打招呼。我知道那是因为他每次都"满载而归"的缘故。布莱克·博迪先生也是这家酒店老板的好朋友，所以大家都认识他。

每当他在餐厅见到我时，第一句话会说："今天我又赢了很多钱。"然后马上又会问我："妮歌，你又在写什么故事？今天能不能读一个给我听呢？"再后来他就会找一个临近我的桌子坐下，继续大声聊天，喝咖啡，吃苹果馅儿饼。

每当这时，在布莱克·博迪先生的身旁总伴有一个留着长发，默默不语，看上去是中国人，但不会讲中国话的中年男子。布莱克·博迪先生叫他麦克。

第一次见到麦克时，我曾对着他的中国面孔说过中国话，但是他对我毫无反应。所以我断定他一定不懂中文。但是有一次在酒店之外的某个地方，我曾意外地遇到他。那时他正在与几个中国人大声交谈，讲的是纯正的中国话。他见到我时很惊讶也很尴尬。但是我并没有揭穿他，只是说声：："Hello, Goodbye!"便离去了。因为在国外已不止一次遇到这样的事情了。有些中国人明明会说中国话，但却常常装作完全不懂或讲不好的样子，所以我也见怪不怪了。

这个麦克在我们住的酒店里时，即使讲话声音也不高。不像布莱克·博迪先生那般高谈阔论，虽然他们常常在一起。 我猜他们一定只是赌友而已。

布莱克·博迪先生有很多朋友，人也很慷慨大方。他经常主动支付和他同桌一起吃饭的人的帐单。我想这是因为他挣钱比别人容易，所以才如此大方。有时吃晚饭的时候，他也会相隔很远地付了我的帐单。但是第二天，我就会如数还给他。而他也总是笑眯眯地收下从不拒绝，但是下次还会帮我付帐。

有一次，布莱克·博迪先生邀请我跟他一起去赌场看一看。那天我正巧没事，于是就欣然接受了。他见我答应得如此痛快显得有些惊讶。于是我便直接了当地问他："你为什么对我的回答如此惊讶？"他也以美国人的直爽解释说："因为我并没有期待你能接受这个邀请。""为什么会这样想？"我又问他。他回答说："因为你只是一个年轻女子，当然不会对赌场感兴趣。如果是邀请你去跳舞，我就不会这么想了。"

跟布莱克·博迪先生到了赌场才知道，所谓的赌场只是在街旁的饭馆里架起几张或更多的赌台便是了，也没有五光十色的耀眼灯光。如果不仔细看，不仔细听，还会误以为人们在那里开会呢。

自愿赌博的人便每天跟随赌场去不同的饭馆。而且只有他们业内人士才知道明天应该去哪家饭馆找赌场。

今天这个赌场是设在一个离我们酒店不远的希腊饭馆里。当我们到达时，赌博还没正式开始。但每个赌台都已经坐满了人，而且大多是中国人。

当我们一路走进赌场的时候，不时地有人小声与布莱克·博迪先生打招呼。这大概是因为在赌场里不许大声喧哗的缘故。

布莱克·博迪先生拉我在一张赌台的最边上的座位坐下。这时我突然觉得我也俨然像一个赌徒了。

"坐在这里一定要赌吗？"我轻声问布莱克·博迪先生。他说："不一定要赌，但是如果你愿意也可以赌。"说时他露出狡猾的笑容。"如果我不想呢？"我又问布来克·博迪先生。见我的态度如此坚决，他便一本正经地说："那你就坐在这里看我玩好了。"

赌博开始没一会儿，布莱克·博迪先生已经输了不少钱。"他也会输吗？"我暗自嘀咕。再望向他的脸，只见一副镇静自如的样子，这才替他松了一口气。心想："最后他一定能赢就是了。我又替他着什么急呢？"

不知为什么写故事时我可以坐几个小时不动，可是现在坐在这张牌桌旁没多久我就已经坐不住了。而且弥漫在空气中的烟雾也呛得我有些喘不过气来。

我从牌桌上移开眼睛向周围望去，只见这里的男女老，大多数人都在吞烟吐雾。

布莱克·博迪先生倒是不吸烟，于是我问他："这里是否有不吸烟区的座位？"他听了后嘿嘿地笑着说："没听说过。"

再坐一会儿，布莱克·博迪先生就已经开始赢钱了。只见别人的筹码像着了魔似的往他这里滚来。这时我也忙得不亦乐乎，因为我要帮他整理那些源源不断的财富。同时我也贪婪地想："如果我有他的本领也就不必写书了。"

　　认识布莱克·博迪先生的第三年，因为要写一个故事，我离开多伦多去了一趟诺瓦斯高沙省的哈里法克斯市。那是一个位于加拿大东海岸十分有名的海港城市。那里有历史上加拿大人用来击退美国人进攻的大炮台。也有在第一和第二次世界大战中战死的加拿大士兵的坟墓。还有能够让船只通往世界各地的港口。

　　本想只去一个星期的，但是由于那里美丽而独特的风景使我流连往返，竟不知不觉在那里逗留了将近一个月的时间。再回到多伦多时，布莱克·博迪先生已经不辞而别了，不知去了那里。

　　周围的朋友和酒店里的人常常问起他："见到布莱克·博迪先生没有？"或是"知道不知道他到哪里去了？"当然没有人能回答，因为他是不辞而别的。

　　布莱克·博迪先生不在时，酒店似乎显得有些冷清。

　　大约半年以后，布莱克·博迪先生又出现了。他还是那么快乐，只是人却消瘦了许多。后来他对我说："在这半年里我大病了一场，是心脏病，还做了一次手术。"说着他还解开衣扣给我看他的伤疤。我看见一道又弯又长还没有完全康复的伤口横在他的胸前。接着他又说："这六个月里是我唯一的女儿陪我在医院里度过的。"说着眼睛就红红的了，很伤心的样子。这也是我第一次见他这么伤心，不禁也觉得心里痛痛的。

　　布莱克·博迪先生轻轻擦去两滴悬在眼眶边的泪水接着说："我这个年纪生病是经常的，只是麻烦了我的女儿。"说完眼睛又红了。

　　过了一会儿，他问我："妮歌，你最近如何？又写了

跳吧，卡萨布兰卡

很多故事吧？这回你是不是应该读一个给我听了呢？"这时他的脸上又出现了久违了的快乐的表情。我说："可以，但是你先要好好休息，等你的身体完全康复后，我一定读故事给你听。"他很感激地谢了我，但随后又说："我实在不能多休息，因为我还要去赌场多挣一些钱，给我唯一的女儿和外孙子，让他们能生活得更好一点。"

布来克·博迪先生没有提到他的前妻——那个日本太太。但是我想有时他也一定会想起她来，也会回忆起他们在一起时曾经度过的那些美好的时光。

大约五六年前，当布莱克·博迪先生最后离开多伦多的时候，很不巧我人在中国又不能送他。只能隔着半个地球在电话中祝福他健康快乐。

从那以后直到两年前的那个口信，才得知布莱克·博迪先生在拉斯唯加斯，住在离他女儿家不远的一个酒店里。他还像以前一样赢钱。有时也会想起我，一个来自东方,会写故事的中国女孩儿。

我想布莱克·博迪先生今年应该有七十多岁了。本来以为他这个曾经周游世界，并以赌博为业，看似无忧无虑的老人可以潇洒地孤独一生。但是，其实他也像一般的老人一样离不开人世间的儿女情长。

我也时常想起这个在异国他乡萍水相逢的美国老人，也非常遗憾他始终都没有听到过我写的故事。

美国律师

  听了他的话以后，我顿时觉得轻松了很多。但是同时也有些不解，难道在美国也能走后门吗？以前只知道在中国才行。仔细一想，怕这个律师吹牛说大话，于是我又加了一句说："如果你真能帮我，事成之后，我愿意付双倍的律师费给你。"说完以后，我自己都觉得不好意思，因为这话实在有点行贿的嫌疑。律师听了后，先是一笑，然后十分自信地说："你不必付我双倍的费用，我相信我能打赢这张告票。"

跳吧，卡萨布兰卡

那天，当我们从拉斯唯加斯附近的沙漠里开车出来的时候，突然发现有一辆汽车从后面高速追来。因为担心那辆车里有坏人，于是，我也把车开到飞快，想摆脱后面追来的那辆车。

当我终于离开了沙漠，驶上高速公路的时候，一辆警车就出现了，也从后面高速追上来，比从沙漠里跟来的那一辆车开得还要快．

我赶紧把车靠边停下，等警察过来问话。一个年纪轻轻的警察从警车里下来，疾步向我们的车走过来，他右手放在腰间，大概是手枪的位置上，左手里是一个小本本，那一定是一本厚厚的交通告票。

当小警察走近我们的车时，我还未完全放下车窗的玻璃。就听他说道："驾驶执照，车证，全都拿来给我看！"我赶紧递上早已为他准备好的驾驶执照和汽车证件。小警察接过我恭敬地递上来的证件,还没有看就问道："你为什么把车开得那么快？"我一听他给我解释的机会赶紧说："因为刚才有坏人突然从沙漠里追来，所以我才开得这么快。"小警察将信将疑地看了我一眼什么也没说，就去看我的驾驶执照了。

看过后，他又问我："这是什么驾驶执照？"我说："这是加拿大的驾驶执照。"听了以后他一脸狐疑地走开几步，对着话筒说了些什么。我猜他在请示该如何去处置我。

小警察再一次走近我的车说："请你跟我到警察局去一趟。""为什么？"我抗议道。"到警察局再说。"他一脸公事公办的样子。

我说："我不能跟你去那里，因为我的儿子在车里，"这个理由虽然不是很充足，可是他听了以后脸色却有些缓和。

"你的儿子在哪里？"他问我。"就在这里。"我稍微挪开了一点，好让他看清坐在我后边座位上的儿子。

他伸头进来看了一下，然后说："好吧，你不必去警察局了。"我听了暗自高兴。

但他就坚持一定要开一张交通告票给我，因为我的车速太快了。

我接过他给我的交通告票一看，那上面并没有具体罚款数额，只有某年某月某日去某法庭见法官。

这时小警察又说："以后不要再开那么快了。"说完，便驾车离我们而去。

拿了这么一张不知罚多少钱的罚单，马上打电话给我在加拿大的律师。可是我的律师却说，这次他帮不了我，因为是美国警察开的罚单。但是他建议我在当地找一个律师帮忙。

听了加拿大律师的提醒，我赶紧带着儿子回到了在拉斯唯加斯的酒店。

还好，在这个赌城里除了有最多的赌博之外，还有多如牛毛的律师。

拿来酒店提供的很多本厚厚的，专门为当地的律师印的电话簿，从中找出两个最大的，与交通告票有关的广告。一个占了一整页，另一个占了大半页。因为我想，广告大，律师一定也大。

打了电话过去，约好了这两个律师。一个是两点钟见，当然是占一整页的那一个。另一个是三点钟见面。

那时已经是一点三十分，不能迟疑，我带上儿子立刻就去了第一个律师那里。

这个律师的办公楼是一个还算漂亮的小楼。我把车停好，走进楼里，便按房门上的房号一路找了去。最后，我和儿子停在一扇小小的，黑黑的，连块玻璃也没有的门前。我想："登这么大的广告的律师怎么只有这么小的一扇门？"于是我又看了看手中的地址，"没有错，就是这里。"我对儿子说。

我走上前去，敲了敲门。一个打扮入时的中年的金发女郎开了门，看上去像是这里的秘书。知道来意后，她说："律师一早已经去了法庭，到现在还没有回来。"我问："律师几时能回来？"女秘书回答："不太清楚。"我说："我是约好两点钟见他的。"女秘书说："知道，但是在这个城里，任何事情随时都有可能发生，所以说不好律师几时能到。"

既然这样，我想："不如去见第二个律师，因为，早见到律师，不论哪一个，都能使我早一些感到安慰和解脱。"

正要离开时，一个人急匆匆地推门而入。女秘书马上说："这就是律师了。"

这个律师看上去四十多岁，还没有发胖，但有点秃顶。人长的还算英俊，而且一副精明强干的样子。

律师边走边说："对不起，我迟了一些。"说着放下了手中大大的公文包。随后，律师问我："楼下的那辆凌志牌轿车一定是你的，如果是这辆车，开快些也没有多大关系。"我赶忙回答："不是你说的那一辆，是它旁边的那辆蓝色的美国车。"听了我的回答，律师稍稍地愣了一下才说："是那辆车？那可能有一点麻烦了。"我问他："为什么？"他说："因为你那一辆车比较便宜嘛。""难道车价与告票还有什么关系吗？"我心里想。律师好像猜到了我的疑问，他解释道："好点的车很容易开快，不太好的车要用力才能开快。"这下我明白他的意思了，他是说我不是不小心开快的，而是有意开快的。其实他说对了。随后我又想："下次租车时，一定要租好一点的，这样如果再开快时，就不会有'一点麻烦了'，而是'没有太大关系了'。"

这时，律师伸手过来说："拿告票给我看。"我把告票递过去。看过告票后，他有些自得地说："这张告票传你去拉斯唯加斯的法庭，而不是其它周围县的法庭，这就好办，因为我认识那个法庭里的所有法官，打赢官司没有问题。"

听了他的话以后，我顿时觉得轻松了很多。但是同时也有些不解，难道在美国也能走后门吗？以前只知道在中国才行。仔细一想，怕这个律师吹牛说大话，于是我又加了一句说："如果你真能帮我，事成之后，我愿意付双倍的律师费给你。"说完以后，我自己都觉得不好意思，因为这话实在有点行贿的嫌疑。律师听了后，先是一笑，然后十分自信地说："你不必付我双倍的费用，我相信我能打赢这张告票。"

跳吧，卡萨布兰卡

　　到这时，我发觉这个律师人还真不错。

　　一个月以后，当我和儿子在法国巴黎的时候，收到了那个女秘书打来的电话。她说："告票已经取消了，只需多交一些罚款。"我听了以后非常高兴，连声道谢，同时也没忘记补上一句："我会寄双倍的律师费过去。"女秘书说："律师已经交代过了，你真的不必如此，只要记得下次有事再请他就是了。"

　　事后我想，这就是登大广告的律师的效率，而办公室的门的大小倒真的不太重要。

　　当然后来我还是付了双倍的律师费过去，外加罚款。

拾贝壳的小女孩

    虽然我不知道这个当年拾贝壳的小女孩如今在哪里，她仍然生活在西岛那个美丽而狭小的世界，还是已经离开西岛去了一个更广阔的，让她能够充分发挥自己的智慧的地方？但是无论在哪里，我相信以她的聪明和才智，如今，她一定是一个十分成功的商品社会中的弄潮儿。

跳吧，卡萨布兰卡

那年春节前夕，我们全家和几个朋友一起南下，从北京到广西，再到广东，最后去了海南岛。

越走天气越暖，衣服也越穿越少，到海南岛的海口市的时侯，我们已经脱得只剩下薄薄的长衣长裤了。

海南岛有两个主要的城市，分别位于海南岛的上下两端。一个是具有亚热带气候的海南岛的省会海口市，另一个就是有热带风情，被人称之为东方夏威夷的美丽妖娆的三亚市。

从海口下了飞机，观光和休整几天后，我们一行就驱车去了三亚。

这是发生在近二十年前的事情了，虽然，那时的海南岛正处于初期的，热火朝天的开发时期，但是，生活在那里的大多数土著的海南人的生活还是很贫困的，一些生活在山里的黎族人还住在用琵笆叶搭成的小棚子里，那里甚至没有电和自来水。当我们的车从他们的小小的村落经过时，仿佛突然进了时光隧道，时间一下子倒退了很多年。

当时的三亚市虽然没有现在这般繁华，但已经有一些不错的酒店和旅馆，还有比现在更美丽和洁净的自然风光。

因为三亚市属于热带气候，所以即使在冬季气温也能达到摄氏三十度左右，到了三亚以后，我们自然就脱的只省下短衣和短裤了。

在三亚，接待我们的朋友是早几年上岛的房地产开发商，他们已经建了几幢居民住宅楼，正准备在海口市建一个集娱乐、旅游、休闲于一身的娱乐城。在他们的雄心壮志的影响下，不久，我们也去海南岛追逐这股房地产开发

的热潮，当然，这是后来的事了

在三亚享受了几天热带风光，吃了一肚子的海鲜后，我们在三亚的朋友说，来三亚不可不去西岛，那里的风景更胜这里一筹，海鲜也更美味。经不住朋友的诱惑，我们第二天就分别乘坐几只小快艇去了西岛。

西岛是离三亚不远的一个小岛，但是，从三亚去那里一定要经过风浪较大的海面。很巧，我们去的那天风浪较小，很顺利地就到达了西岛。可是，以后的很多年里，每次再要去西岛时，都因为风急浪大，船开不过去，而不能成行，所以，从那次以后我们再也没有到过西岛。

海水湛蓝，天也湛蓝，在一道浅蓝色的海岸线上，西岛悠闲地躺在天与海之间，软软的沙滩如丝带一般连接着岛与海，连接着离沙滩不远的葱绿色的椰林。沙滩上，有几个看上去样子很原始的小棚子，那里就是能够品尝到极美味的海鲜的餐厅。虽然它们看上去其貌不扬，但是环绕在它们周围的一桶一桶刚刚打捞上来的鲜美的海味，却是让人见了垂涎三尺。我们欢呼着跳下小船，奔向海鲜餐厅。

三亚有天涯海角之称，这西岛又在天涯海角之外，西岛在哪里呢？ 西岛的美，西岛的净，让人仿佛身处天上人间一般。 南海是观音菩萨居住的圣地，离三亚不远的南山有一个南山寺，是信徒们朝拜观世音菩萨的地方，正因为如此，这里才美的好似仙境。

饭后，我和儿子赤着脚跑到富有弹性的沙滩上，儿子兴高采烈地从暖暖的沙地上捡起一个又一个形状各异、色彩不同的小贝壳，我好像一个守护天使紧紧地跟随在儿子左右。那年，儿子刚三岁。

这时，一群看上去只有七八岁，样子淳朴又漂亮的小女孩儿，仿佛从天而降，突然出现在沙滩上。她们手中捧着各式各样的容器，里面装满了色彩斑斓形状各异的贝壳。她们的那些贝壳美的简直就像稀世珍宝，光彩夺目，相比之下，我儿子手中的那些小贝壳立刻失去了魅力，就像石子遇到了美钻一样。

这群小女孩很快就把我的儿子包围起来了，她们争先恐后地向我的儿子展示她们的美丽珍品，有声有色地介绍贝壳的名称和特色。我那小小的儿子被这突如其来的女孩子们和美丽的贝壳惊呆了，目不暇接地看了这个又看那个，有些不知所措。

"买我这个吧，这叫虎斑螺，很少见的，只卖一元钱。"

"我这个更漂亮，叫星星螺，一元钱两个。"

女孩子们争先恐后，前呼后拥地向我的小儿子兜售她们的稀世珍品，很老练的样子。

儿子从他身上的小腰包里拿出一元钱买了那个虎斑螺，又掏出一元钱买了两个星星螺。那钱是到达三亚的当天，买了这个很别致的小腰包后，我帮儿子放进去的，没想到今天派上了用场。

挣到了一元钱的两个小女孩高高兴兴地离开了，其余的仍然紧追不舍。我那小小的儿子这时已经镇定自如，他用一只小手按住腰包，另一只手挑选贝壳，就像一个被一群美丽的天使包围着的小王子。

这时，一个一直站在外围，最初时，看上去对这桩生意不太感兴趣的小女孩突然奋力冲破重围来到我儿子的身边。她迅速又自信地捧上自己的贝壳，滔滔不绝地讲述自己贝壳的与众不同，一一介绍每个贝壳的价格，一字一句清清楚楚，盖过了其他女孩子的叫卖声。

我被这个迟来的女孩吸引住了，可儿子却不理会这个能说会道的女孩，他转身又买了另一个女孩子的贝壳。这个后来的女孩见到儿子不停地从包包里掏钱买别人的贝壳，并没有慌乱也没有灰心，她又抢前一步，仍然十分自信地兜售自己的贝壳。

儿子继续挑选贝壳，女孩子们继续大声叫卖。几个卖了一两个贝壳的女孩子又走开了，几个一直没有卖掉贝壳的女孩子也走开了，后来的那个女孩这时虽然已经卖掉了几个贝壳，但是她没有走开，仍继续叫卖，渐渐地儿子身边就只剩下这个自信又有耐心的，后来居上的小女孩了。

赶走了所有的竞争对手以后，这个小女孩不仅卖掉了所有的贝壳，也掏空了我儿子的腰包。

无疑，在这场竞争中，这个后来的小女孩是一个胜利者。虽然，一开始她并不看好我的儿子这个小小的客户的购买力，但是，当她发现我的儿子年龄虽小却不能轻视的时候，就立刻开始行动，用自己独特的推销手段和耐心很有策略地去达到自己的目的，直到大获全胜。

一个七八岁的小女孩竟聪明成这样，特别是她那倔强地不达目的不罢休的性格，让我这个旁观者由衷地为她喝彩。直到现在我的眼前还经常浮现出这个海边拾贝壳的小女孩的身影。

虽然我不知道这个当年拾贝壳的小女孩如今在哪

里，她仍然生活在西岛那个美丽而狭小的世界，还是已经离开西岛去了一个更广阔的，让她能够充分发挥自己的智慧的地方？但是无论在哪里，我相信以她的聪明和才智，如今，她一定是一个十分成功的商品社会中的弄潮儿。

芳邻玛格利特

　　也许是因为很久没有见到她，已经淡忘了那些因为有她而不得安宁的日子，也可能是因为没有玛格利特的打扰已经让我感到寂寞了，总之，我勇敢地，也自觉自愿地向玛格利特走去。

　　这时的玛格利特看上去有些憔悴，本来就很瘦小的脸这会儿显得就更小了。阳光下，她的金色卷发也失去了往日的漂亮光泽。可是她说话的声音依旧，仍然是又急又快又高。

跳吧，卡萨布兰卡

玛格利特是一个瘦小的女人，她看上去大约三十多岁，梳着卷曲的金色短发。但是她并不是一个标准的金发碧眼的美女，因为她只有金发而没有碧眼。她的眼睛的颜色几乎与东方人的一样，是近似于黑色的那种深棕色。听说她的父亲是意大利人，母亲是法国人，看来她继承了父亲的深色眼睛和母亲的金色头发。

玛格利特的像她母亲一样矮小的身材，除去冬季以外，整天都穿着一身彩衣，像一只蝴蝶一样，不知疲倦地出现在她家的前后花园里。浇花、剪枝、锄草、打扫院子，从不停闲。

玛格利特的丈夫是一个印度裔的加拿大人，有着高条的身材，深色的皮肤，人长得挺帅，还是一个律师。虽然我与他们家已经做了多年的邻居，但是我始终不知道他的姓名。玛格利特的丈夫很少走出房子，也很少帮太太做事，我想，大概因为他太忙。有时，我开车路过他家的门前偶然见到他时，这位律师也只是微笑着点点头、摆摆手，很少说话。

他的太太玛格利特却是一个十分健谈的女人。她说起话来声音又高又尖，英语中也时时夹着几句法语和意大利语。玛格利特说话的速度很快，好像总是在赶时间似的。其实，她说话快并不是因为她说完后要赶快离开去做什么，而是怕自己还没说完听众就听得不耐烦走掉了。

在玛格利特家刚搬到我们这条小街时，出于礼貌，在小街上见到她，我总要停下来与她打招呼也闲聊几句。可是后来发现如果我停下来与她交谈，可能那天就再也走不开了，因为玛格利特可以滔滔不绝地，几乎不喘气地说上几个小时。而且英语、法语、意大利语轮流地说，不管你听得懂还是听不懂。所以后来一见到她，我不仅不敢停下来，还要加大油门快快地离去，只从车窗抛出一句问候的话给她。我猜她的大多数听众肯定与我一样，在玛格利特还没有说完时就已经逃之夭夭了。

认识玛格利特以后，我很佩服她的口才，我认为，如果让她到广播电台或者电视台某个职位，一定比做个家庭主妇更出色。

玛格利特一家是在我们搬入那条小街后的第二年春天搬来的。我们住的这条小街里虽然只有十二户人家，但是这里却像是一个小小的联合国。因为在这十二户人家里有意大利人、英国人、犹太人、黑人、中国人、（中国人里又包括来自香港的中国人、来自台湾的中国人和来自北京的中国人）此外，还有玛格利特这个法、意混血儿和她的印度裔的丈夫，以及他们的两个印、法、意混血的孩子。

玛格利特家是紧挨我家右边的邻居，不仅两家的房屋离的近，就连前后花园也是相连的。只是在两家的后花园之间有一道篱笆把两家隔开，但是前院就连篱笆也没有。如果没有盖房时留下的一道用来隔离两家地界的浅浅的沟，就好像一家人一样。

玛格利特家房子的旧主人是一个东欧人。他们搬走以后留给玛格利特家一个光秃秃的花园，除了不太整齐的草以外什么也没有。玛格利特是一个喜欢种花的勤劳的女人，自从她家搬来以后，他们的花园就大不一样了。玛格利特在花园里种了很多花和小树，还用油漆油了篱笆，是紫红色的那种颜色，看了让人觉得很不自然也不舒服。但是玛格利特很喜欢这个颜色，当她油得上瘾时，就连我家这边的篱笆也给涂成红色了。我虽然不喜欢玛格利特的颜色和她的"好心"，但是毕竟大家都是邻居，也就没有说什么。

于是我们这个小小的联合国里就又多了一道像中国京城里常见的红墙一样的风景线。

那年夏天将近的时候，因为已经有一两个月没有被玛格利特捉到当听众了，所以我暗自得意自己的那个遛之大吉的办法的高明。可是就在我十分得意之时，玛格利特又出现了。这次不是在小街上被她纠缠，而是在我家的后花园里。我不知道玛格利特已经探听到，我每天下午一定在我家后花园的亭子里写故事的习惯。所以，一天当她像一只鸵鸟一样，突然从篱笆那边探过头来尖声尖气地大喊时，确实吓了我一跳。见到我时，她的表情就像发现了奇迹一样的兴奋。从那以后，玛格利特经常在我正埋头写作的时候突然出现在篱笆上，而且，每次都是那么兴奋。

这天她又探头过来大声喊道："妮歌，你又在写什么呢？你想不想看看我的红玫瑰？今天刚刚种上去的，很漂亮。（英语）你花园中的花为什么这么漂亮？能不能告诉我你用的是什么肥料？（法语）你家的草也比我家的绿，你每星期浇几次水？（英语）——。（意大利语）今天晚上，我的丈夫想吃牛扒，听说街对面新开的那家超市的牛扒很新鲜，你想不想让我帮你带两块回来？（法语）——。（意大利语）我儿子学校的老师又叫我去见她，也不知道我的儿子又做错了什么。夏天你又要到哪里去旅行？这次去不去意大利？（英语）——。（意大利语）我猜你一定去法国。（法语）我的儿子和女儿暑假时要去他们的外祖母家，我的父母就住在新市场镇那里，很近的，我也可以常常过去看他们。（英语）——" 玛格利特继续不喘气地说着她的话，我也隔一会儿哼一声，以表示我仍然在听。

后来，我发现玛格利特并不在乎我的回答，只要我继续坐着不离开，她就已经很满足了。因为她需要的只是一个安静的听众，就像我一样。这也是为什么她更喜欢与我"交谈"的原因。

再后来，我实在被玛格利特吵的没有办法了，所以只要一听到她家的篱笆那边有声音，就赶在她探头过来之前，夹起书本躲进屋里去。如果不小心让她看到，也只好敷衍两句，然后再借题逃开。

感谢上帝！夏天终于来到了，儿子放暑假的第一天，我就带上他去旅行了。美国、欧洲和中国转了一大圈，直到秋天儿子要回学校上课时才回家。

我的儿子读私校，平时是不住在家里的，所以大多时间家里只有我一个人。儿子开学以后，我准备静下心来写故事。经过一个漫长的夏天，已经被我淡忘的芳邻玛格利特这时又出现了。刚开始时，她只是又像鸵鸟一样在后院篱笆那里探头探恼。后来发现我已经不去后院写东西了，就改为每天早上十点钟准时来敲我家的门了。

跳吧，卡萨布兰卡

因为习惯晚睡，所以我早上起得比较晚。每天早上十点钟是我刚刚做完早上一定要做的各种杂事，正准备坐下来写故事的时候。可每当这时玛格利特就来敲门了。我也只好每天早上十点钟为准时到达的她开门。

在几声"早上好"之后，玛格利特就开始寻视各个房间，也开始滔滔不决地说起来。一会儿问我："你的这件家具从哪里买的？"一会儿又称赞道："你的家布置得很漂亮！"然后她又会提出："妮歌，你能不能也帮我装饰我的家？就设计成像你家一样的风格。"因为她知道我不仅写故事也做室内装饰和设计这一行，所以才提出这个要求。

最初几天，我跟在像"房子的主人"一样的玛格利特后面，在自己家的楼上楼下，甚至地下室里转来转去。可后来因为实在没有时间奉陪，只好由她自己去转了。我就坐下来写故事，不再理睬她。因为我觉得玛格利特对我家已经很熟悉了，不再需要我奉陪了，而且，让她自己再多转几天，她也就会失去那种逛家具店的兴趣而不再来了。

可是，后来我发现我低估了玛格利特，因为几天以后，她仍是兴致勃勃，而且还增加了新内容。她不仅每天早上十点钟准时到达，还会带来一大堆东西。有时是一个画架和一大包画笔，让我教她画设计图；有时拿来一些窄小得像小女孩穿的衣服到我家，还一件一件的试给我看，不停地问我哪一件更漂亮，哪件更适合将要在她家举行的周末舞会上穿？有时她甚至带来一筐土豆，坐在我的桌前边削边与正在工作的我闲聊。

就这样，我又被玛格利特缠了一些日子，也知道她是永远不会失去到我家来的兴趣的。所以有一天我才不得已地对她说："玛格利特，请你不要每天早上十点钟再到我家来了，因为在这个时间我要工作。"玛格利特听后爽快地说："好吧，那十点钟我就不来了，等到十点半时我再来。"我一听她没有听懂我的意思赶紧补充说："我的意思是说，请你不要每天再来打扰我了，不论几点种。"这次她好像听懂了我的话，她问我："你是说让我不要再来你家了吗？"说完，她可怜巴巴地望着我。我一向心软也见不得别人伤心，但是这次为了我能有一个安静的家，只好狠心说了一个字："是。"

望着玛格利特瘦小的背影跨过那道浅沟回到她家那边去时，我的心里感到有些酸酸的几乎掉下泪来。但是伤心过后，我又庆幸自己的决定，因为我又可以伏案工作了。

但是好日子没过多久，玛格利特不记前仇，旧病复发，竟然像什么也没有发生过一样，又来敲我的门了。

第一天听到敲门声，我还以为是邮局的人来送邮件，便开了门。可是门外站的却是春风满面的玛格利特。正当我诧异之时，玛格利特已经推门而入，并且自说自话地说："进门再说，进门再说。"于是我又一次身不由己地跟着像"房子的主人"一样的玛格利特进了自家的门。

进门以后，玛格利特径直走进我的客厅，在我的沙发上坐下来。然后她对我说："坐，坐！"我哭笑不得地坐在她对面的沙发上，并且也努力让自己表现得热情一些，因为我毕竟有一些天没有见到她了。于是我问她："玛格利特，你近来如何？"玛格利特听了以后，还没有回答就先哭了起来。然后她边哭边说："你真好，还惦记着我，还这么关心我。可是最近我的心情很不好，（英语）我的丈夫好像有了一个女朋友，（法语）———。（意大利语）———"

"完了，"我想，"她又开始长篇大论了，今天的稿子又要迟交了。"边想边站起身来去厨房替玛格利特倒咖啡。一路上只听玛格利特一直在诉说自己的遭遇，直到她接过我递上的咖啡才停下来。喝了几口咖啡以后，她更像加满了油的汽车马达又滔滔不绝地说起来。

像往常一样，我没有打断她的话。我把背靠在沙发上，让自己坐得更舒服一些，准备听她的长篇大论，因为我知道这一天的时间又不属于我了。

虽然玛格利特和我是完全不同的两种人，但是后来我发现我们之间还是有一个共同点的，那就是我们都容易忘记烦恼，只记住使人快乐的事情。因为从那天以后，玛格利特竟像什么也没有发生过一样又开始每天按时来我家了。我不忍心再去当面伤她的心，只好每次不再给她开门。

早上十点钟玛格利特再来敲我的门时，我就只当没有听见一样仍然继续工作。可是每次她的耐心总要比我的持久，如果我不给她开门她就会一直敲到我把门打开让她进来为止。后来实在没有办法，每天早上十点，我只好离开离大门最近的写字间，躲到别的房间里去了。我曾经试过躲在家里的每一个房间里，但是还是被玛格利特逼迫着去开了门。最后我发现，如果躲在楼上我的卧房里的洗手间里，听到的敲门声最小。要是再放一副儿子游泳时用的耳塞在耳朵里就什么也听不到了。既然听不到，就只当玛格利特没有来过，我也就可以心安理得地写故事了，也就不必为伤她的心而难过了。

在冬天里我就不必担心被玛格利特闹了，因为她很怕冷，冬天时是很少出门的。

在那年的冬天，我就努力地工作，我想要把过去被玛格利特耽误的时间赶出来，还想把下一个春天应做的事提前做一些，为在春天里又被玛格利特纠缠做好充分的准备。

在那个冬天里，我不但写完了计划要写的故事，还完成了一个餐厅和一个美容院的设计。然后，我就等待春天的来临，迎接芳邻玛格利特了。

那年，多伦多的春天来得比较晚。五月初时才刚刚看见真正的绿色草地和早开的郁金香花。

在多伦多，每年五月中旬从维多利亚节的那个长周末，人们就开始在自己的花园里种花了。五月中旬以后，多伦多就迎来了她一年中最美丽的花的季节。

但是在这个春天里，我却没有见到玛格利特在花园中像花蝴蝶一样的身影。虽然有些疑问，但是我也没敢去打听，只怕她出来后又会跟我纠缠不清。

再见到玛格利特时已经是六月初了。那天当我正在后花园的亭子里写故事时，突然一个熟悉又久违了的声音从篱笆那边传来，知道一定是玛格利特。但是不知为什么，这次我并没有被她打扰的感觉，反而放下手中的笔，向篱笆那边走去。也许是因为很久没有见到她，已经淡忘了那些因为有她而不得安宁的日子，也可能是因为没有玛格利

跳吧，卡萨布兰卡

特的打扰已经让我感到寂寞了，总之，我勇敢地，也心甘情愿地向玛格利特走去。

　　这时的玛格利特看上去有些憔悴，本来就很瘦小的脸这会儿显得就更小了。阳光下，她的金色卷发也失去了往日的漂亮光泽。可是她说话的声音依旧，仍然是又急又快又高："妮歌，很久不见了，你又去了哪里？"不等我开口她已经先大声问了过来，好像不见的人是我，不是她。我回答道："我哪里也没有去，一直就在这房里。"说着，我用手指向我家的房子。随后我又问她："玛格利特，你好吗？家里都好吗？"说这话时，我也像一只鸵鸟一样在篱笆上探着脑袋。玛格利特没有回答我，仍然继续问她的问题："既然哪里也没去，那为什么我一直也没有见到你呢？"这次她说的是法语。我在心里对自己说："说法语还可以，就是不要讲什么意大利语。"边想我边回答她道："那是因为你一直呆在房里没有出来。"这时玛格利特叹了一口气，改用英语说道："唉！我很倒霉，只是做了一个小小的隆胸手术就大病了一场，直到现在还没有完全好呢。"听她说到隆胸手术几个字时，我便不由自主地望向她的胸部。可是这时她只从篱笆上露出一个头来，所以看不到她的胸部有什么变化。就在这时，我看见玛格利特努力地爬高几阶梯子帮我看到她的胸部。当她的上半身完全探过篱笆时，我看到了她的胸。她的胸部看起来确实变高、变大、变美了许多。"很好看呢！"我赞美道。"真的吗？"玛格利特高兴地反问我。"真的很好看！"我又很真诚地说了一遍。这时，玛格利特叹了一口气说："总算没有白受罪。"这次她讲的还是英语，没讲意大利语。"莫非这个隆胸手术让她忘记了意大利语？要不然为什么

今天她一直也没有讲那个语呢?"我在心里嘀咕道。可是就在这时,只听玛格利特又说了起来:"——。"(意大利语)

美丽的春天过去了。夏天来临时,玛格利特终于恢复了往日的健康,又活跃在她家的花园里,又照常讲一些她家的琐事和社区的新闻给我听。当然她讲的还是以英语为主的多种语言。但是,这时的玛格利特也有与以前不同的地方, 她换了更小也更紧身的衣裙,为的是能让她的漂亮的胸部展露无疑。她的嘴里也经常哼着过去不常听到的欢乐的法国歌曲。

现在我虽然早已搬离了那条小街,但是对过去发生在那里的一切依然记忆忧新,特别是芳邻玛格利特。

西方之珠

　　温哥华也是美女们的故乡。听说《花花公子》杂志的星探们就曾从温哥华发掘出数位有倾城之貌的美女。有人说喝了温哥华的水，能使女人变得更美丽。也许这就是为什么在温哥华美女多得有如那里四季盛开的鲜花的原因。

跳吧，卡萨布兰卡

在浩瀚的太平洋岸边，镶嵌着很多像明珠一样美丽的城市，其中有一颗就是被我称为"西方之珠"的温哥华。

温哥华位于加拿大的西海岸，依山傍海，景色秀丽，气候宜人，是一个被大自然环抱的城市。温哥华的美，秀中不失端庄，丽中也不失大方，堪称是太平洋岸边珍珠项链上的一颗耀眼的明珠。

每次从国外回到加拿大，路过温哥华时，我和儿子都要在这里停留几日，为的也是温哥华的美色。

我们在温哥华没有家，每次到访都住在临近海边的酒店里，也一定要一个面海的房间。白天，可以欣赏到阳光、海水、蓝天与游船编制成的美如轻音乐般的画面，夜晚，便在对面山上成片的珍珠般璀璨的灯光中入睡，也多少次在梦中变成一只远方飞来的鸟，久久地在这个美丽的城市上空盘旋。

清晨，我和儿子会去马蹄形海湾，租一条小船，出海当一会儿渔夫，与众多鱼船一起捕捉三文鱼。清晨是追捕三文鱼的大好时光，因为那时三文鱼刚刚一觉醒来，正成群结队地寻觅早餐，所以只需少少的诱饵便能捉到它们。结果，吃到诱饵的三文鱼便成了某渔夫桌上的晚餐。可是我们捉三文鱼只为消遣，并不吃自己捉到的鱼。

把捕到的三文鱼放回海里后，我们就去海边的餐厅吃一份别人捉来的三文鱼做成的三明治。然后就驾车飞驰在介于山与海之间，像一条银色丝带般，名为海通天的高速公路上，尽情地享受像鹰一样盘旋直上云霄的感觉。

最后我们的车总会停在海边一个被鲜花环绕的绿色高尔夫球场上。有时我和儿子一起在那里打高尔夫球，有时我们并不打球，去那里只是为了欣赏在鲜绿色的草地上飞来舞去的，小小的高尔夫球。我对打高尔夫球并不十分感兴趣，但是却十分迷恋那片绿色的草地和那些在海天一色间、碧绿的球场上，像飘浮的白云一样起舞的，仿佛有灵性的白色的小精灵。

每次当我们到达高尔夫球场时，依夫都身穿一身白色的高尔夫球衣，带着一脸灿烂的笑容出现在我们的车旁，每次都让我误以为他就是那些白色精灵的化身。

依夫曾经是我儿子的高尔夫球教练，也是打高尔夫球的高手。他经常参加在加拿大和美国举办的高尔夫球比赛。依夫全身充满只有长年打高尔夫球的人才有的潇洒洋气的气质。他的被晒成古铜色的皮肤散发着青春活力。依夫身材高大，长得一表人才，已经结婚数年，与年轻漂亮的太太住在西温哥华半山上的一座白色小屋里。依夫每日打自己喜欢的高尔夫球。他的太太喜欢看书和种花。两个人生活得即轻松又愉快。

依夫每次见到我们，都要请我和儿子与他一起练球，顺便也教我们打高尔夫球的秘诀。儿子学得很快，小小年纪已经是一个十分熟练的高尔夫球手，可是由于我的天资不在高尔夫球上，所以多年来，虽然在依夫的尽力指导下，我的球技也没有什么进展。依夫经常对我说："打球

跳吧，卡萨布兰卡

只在消遣不追求球技，反而更能充分享受高尔夫球的人与自然合二为一的境界。"但我心里十分明白依夫的意思，他是在安慰我，而且也试图告诉我，我的球技不会再有什么进展了。

傍晚来临之前，我们便离开球场，告别依夫，也答应他下次来温哥华时一定再到这里见他。

温哥华也是美女们的故乡。听说《花花公子》杂志的星探们就曾从温哥华发掘出数位有倾城之貌的美女。有人说喝了温哥华的水，能使女人变得更美丽。也许这就是为什么在温哥华美女多得有如那里四季盛开的鲜花的原因。

有一位老船长就曾经向我展示过他的两个美丽女儿的照片。老船长的两个女儿生在温哥华，长在温哥华，美得也如温哥华。她们现在已经去了美国好莱坞发展，希望有一天能以她们的美貌征服好莱坞，成为好莱坞的艳丽明星。

老船长的家在夏威夷。可是除了冬季以外，他都住在温哥华。老船长在北温哥华有一座漂亮的房子，但是他却常常住在自己的船上。这大概因为他是船长，所以才爱船胜过爱房子。

在温哥华的市中心有一条热闹的商业街。街道的两旁有许多很有特色的商店。其中有一家专门销售印第安人的手工艺品的商店，店里摆满了有印第安人文化和风俗特征的商品。店的主人是一个本地的印第安老人。

多年以前，有一次路过他的店，因为被店中的商品吸引便走进店里，欣赏那些在其它的地方很难见到的手工艺品。其中最吸引我的就是那些象征吉祥和平安的，色彩浓重的印第安人的图腾柱。当我正在仔细端详那些刻在图腾柱上的奇怪的雕刻时，一个有红脸膛的高大的印第安老人走到我的身边，没等我发问，他已经极仔细地一个又一个地给我解释那些刻在图腾柱上的图案。他的声音低沉浑厚，饱经风霜。他那双握住图腾，手背上爬满了粗黑血管的手使图腾更增添了几分岁月的苍桑。

那天我买了一个小小的图腾柱。至今仍放在我多伦多的家中的案前。我买这个图腾并无太多的奢求，只图一个平安。

有时，我也带儿子乘水上飞机从温哥华飞往位于温哥华岛上的维多利亚市。

其实，乘坐游轮也可以去维多利亚，而且票价也比较便宜。但是我们更喜欢乘飞机去维多利亚，因为坐飞机可以节省很多时间，还能从低空观览美丽的维多利亚和蓝色的海湾。

很难想象这个位于小岛上的维多利亚，是加拿大濒临太平洋岸边的俾斯省的省会。维多利亚市虽小却美得让人垂涎，因为小小的维多利亚就好象是一个漂浮在太平洋上的花篮。

如果有时间，我也和儿子坐船去深海看鲸鱼。在那里，友善的鲸鱼群喜欢在船边游来游去，也不时地溅起朵朵的浪花。

如果幸运的话，我们还可以遇到活泼可爱的海豚。偶而也能见到圆头圆脑的海豹浮在水面上晒太阳。

因为每次在温哥华都不会停留太久，所以我们只能在

跳吧，卡萨布兰卡

维多利亚玩一天，经常是早上飞过去，晚上再乘水上飞机回到温哥华。

我有一个朋友，他小的时候随父母从德国移民到加拿大，现在住在温哥华一个离海较远的小镇上。那个小镇虽然离海较远，但却有绿树和绿草描绘出的绿色海洋。我的这个叫克劳斯的朋友在一家电脑公司任职。因为他爱温哥华，所以他已经多次谢绝了他的公司调他去多伦多总部工作的决定。虽然如果他同意去多伦多，就可以得到更高的工资，也可以住更宽敞的住房。但是，他还是愿意留在温哥华。

克劳斯有一辆漂亮的宝马牌的摩托车。平时他不喜欢开汽车，只开他的心爱的摩托车。休假时他也经常驾驶他的摩托车在温哥华地区旅行，有时也去维多利亚，当然在渡海时，他和他的摩托车就要一起乘渡轮了。

克劳斯的最大快乐就是住在他喜欢的美丽的温哥华。

有时坐飞机去温哥华，如果时间允许，机长就会邀请乘客与他和他们的飞机一起在温哥华的上空盘旋，欣赏这颗西方之珠的光彩，就像我梦中的鸟一样。

无论你从海上、空中，还是陆地哪个角度去看温哥华，她都会向你展示她的动人的魅力，使你想与这颗明珠相伴到永远。

西西里柠檬

　　同乡会后，每家每户都带回了那一小筐来自西西里的柠檬。我也得到了一筐柠檬。舍不得吃，我便把它们放在房中，只为拥有和欣赏西西里柠檬散发出的那种独特的迷人的芳香。

跳吧，卡萨布兰卡

在多伦多的郊区有一个木桥镇，住在那里的居民大都是来自意大利的意大利人，以及他们的后裔。所以木桥镇是多伦多最大的意大利人的社区。

如果你置身于木桥镇中就仿佛身在意大利一样。因为在那里处处可以听见意大利语，也可以品尝到全城最纯正的意大利咖啡和意大利面条。而且在木桥镇那里，还有外人很难见到的意大利人家里的丰富多采的生活，特别是他们的地下室的生活。

在木桥镇上，大多数意大利人家的地下室都装修的豪华而实用。在那里灯光明亮娱乐设施齐全，就像一个小小的夜总会。而且住在那里的意大利人也都多建一个厨房在地下室里，便于烹制食物。另外在他们的地下室的储藏室里，也常常可以见到十几磅重的奶酪和大块大块的火腿，以及大量的葡萄酒，俨然一个餐馆一样。

意大利人在平时的晚上很少去外面的餐馆就餐。他们喜欢一家人，有时也邀请几位亲戚或朋友一起聚集在家里，吃自己制作的可口的意大利晚餐。饭后，全家人以及亲戚和朋友们便在豪华的地下室里度过温馨的夜晚。

如果你想在木桥镇上吃一顿晚餐，可能就不那么容易了。因为在木桥镇上是很难找到一家在晚饭时对外开放的饭馆。不像我们中国人聚集的社区那样有数不清的，每到夜晚便灯火通明的中国餐馆。

多年以前，有一次我与家人还有一位朋友突然心血来潮，想去木桥镇吃一顿丰富的意大利晚餐。结果我们在那镇上没有多少灯光和车辆的街上跑了很久，也没有找到一家开门的饭馆。最后只好打电话给一个住在木桥镇上的意大利朋友，请他帮忙介绍一家镇上比较有名的意大利餐馆给我们。可他听后却得意非常地说："镇上最好的意大利餐馆就在我家的地下室里，如果你们真想吃最好的意大利晚餐就到我们家来吧！"当然最后我们还是去了他说的那个"镇上最好的意大利餐馆"。而且在他家的地下室里，我们吃到了一顿今生从未品尝过的，丰富可口的意大利晚餐。

意大利人也非常喜欢聚会和举办各式各样的宴会、舞会。尤其是遇到婚丧嫁娶，以及生日和纪念日的时候，那时他们的聚会就更热闹了。每当聚会的时，他们各个都穿着打扮得很隆重。男士一定要穿礼服，女士们就要穿上各式各样的晚装，使聚会显得更隆重也更热闹。

记得有一次，我的另一个也是住在木桥镇上的意大利朋友邀请我和我的儿子参加他们的同乡聚会。

参加聚会的都是来自他们在意大利的老家西西里的同一个镇上的人。他们中的有些人在加拿大已经住了五六十年，短的也有一二十年，但是不论他们来到加拿大的时间长短，还是年老或年少，只要是来自他们的那个镇，就会被邀请到。只有我和儿子是例外，因为那天只有我们俩是外乡人。

本以为同乡聚会就是大家聚在一起聊一聊乡情，吃一顿饭而已。谁知到了那里才知道，这个所谓的同乡聚会竟然非常隆重，简直可以与官方举办的正式宴会妣美。

那天晚上当我们到达时，车子直接开到大门前才停下，然后便有专人帮忙把车开走停好。随后我和儿子跟随朋友的全家十几位成员一起步入了宽敞的大厅。

在木桥镇上有很多极大的意大利餐厅，平时很少见到有客人吃饭。以前我总替他们担心，租来这么大的地方做餐厅，却没有人来吃饭，岂不赔钱。后来才明白这些大而闲的餐厅是专门供意大利人租来开宴会用的，而且一年四季都闲不住。但是由于大多数宴会只在晚间举行，所以才使我误认为他们是闲来没事租大屋不做生意了。

我们一行人进入大厅后，便被人领到接待处。在那里，每家都要登记包括姓名、住址和电话号码等等的个人资料。我想他们这样做大概是有两个目的，第一，可以知道今年都有谁参加了同乡聚会。第二，在下一年再开同乡会的时候，可以方便地通知到自己的同乡们.而且这也是他们互相之间保持联系，使他们的同乡聚会每年能按时召开，并且可以不断扩大的好办法。

当一家人一起来的时候，只要家长登记便可以了，因为找到了家长就不难找到家里的其他人的踪迹了。因此，我们这一行人就只有我的意大利朋友登记。我和儿子是跟这个家庭来的，所以我们也就不用登记了。

从接待处再往里走，便有接待小姐——接过大家的外衣，然后再问过姓名，就引我们去了那个属于我们这一家人的餐桌了。

因为那天来得客人很多，大约有上千人参加，因此他们也很难记住每一个同乡的面孔和姓名，所以姓名是一定要问的，以免搞错其人和其桌。

但是据我的这个意大利朋友说，他就几乎认识每一个来自西西里老家，现在居住在多伦多的同乡。因为以前他曾经是这个同乡会的主席，也组织和主持过这样的聚会。而且他还是一个极其和蔼可亲的老人，所以大家都愿意和他做朋友。

现在，我的这个意大利朋友已经有七八十岁了，所以就不再担任主席了。但是从那天晚上的情形来看，他仍然是在同乡中特别被人尊重的一位老人。

我的这个意大利朋友名叫多纳特。他的个子不高，但是人却很结实。他的一头白发衬着红红的脸膛看上去也很精神。而且他还是一个很健谈的老人。

在多纳特家的十几个成员中，包括了他的太太索非亚，他的儿子和儿媳妇，两个女儿和两个女婿，还有他的几个孙子辈的孩子们。我和儿子与多纳特一家人一起挤在一张像我们中国人喜欢用的大圆餐桌周围，挺温馨也挺热闹的。

多纳特的太太索非亚是一个高大的意大利女人。从她慈母般慈祥的脸上仍然依稀可见她年轻时的风韵。与多纳特相反，索非亚不太喜欢说话，一双即使到了她的年龄也依然美丽的眼睛，总是极温柔又亲切地望着每一个人，望着她周围的一切，一副心满意足与世无争的样子。她对我和我的儿子就像对她自己的孩子一样，经常问寒问暖，有时也做一些她家乡的菜给我们吃。

这时，大餐厅里已经坐满了一大家又一大家的意大利人，就像我们这桌一样。看来这些早年来到加拿大的意大利人已经在这里生根，而且也是儿孙满堂了。

意大利人普遍性格豪爽，容易交往，也重亲情。他们像中国人一样有极浓厚的家庭观念，也喜欢几世同堂。而且意大利人对他们的子孙也像中国人一样关心备至，只是略比中国父母严厉一些。但比起其他族裔的加拿大人来，意大利人与中国人有更多的共同点，尤其是在家庭观念方面。也许这就是为什么我在多伦多交了众多意大利朋友的缘故吧。

跟随多纳特一家人团团围住大圆桌坐着，桌上这时只有花并没有食物。我们餐桌的位置位于这个巨大餐厅的中间位置，正前方就是供人讲话的很像一个舞台的高台。左右看去到处可见餐桌和晃动的人头以及五颜六色的衣裳，我们的桌子就像一个在人和桌子组成的海洋中的一个小岛。

这时，从麦克风里传来了讲话的声音，讲的是意大利语，所以听不懂说的是什么。但我猜那句话的意思一定是请各位安静，同乡会就要开始了什么的。果然话音落后，全场慢慢安静下来，就连孩子们也乖乖地坐好了。

然后又有人说了些什么，随后两个年轻人举着一面意大利国旗和一面加拿大国旗，大踏步地走上台来。这时所有的人都站了起来。跟着乐队唱起了意大利国歌。

唱完意大利国歌后，全体来宾又满腔热情地唱了一边加拿大国歌，大家同样唱得十分认真和投入。唱完歌后全体坐下，这时便有人出来讲话了。讲话的人是同乡会的领导，也就是多纳特以前的职务。这个领导依然讲的是意大利语，所以还是听不懂，只好又猜。可是因为他讲的又多又快，所以我也就很难猜的准确了。

还好，这个领导讲的不算太长。他下去以后，又换了一个长得高高瘦瘦的女士出来接着讲。这个女士我认识，她叫特瑞莎。我曾经在我的另一个意大利朋友的地下室的晚餐中见过她。她是一个寡妇，她的丈夫多年前因为癌症去世了，留下她和两个女儿。特瑞莎现在已经有了一个男朋友，听说他们快要接婚了。

特瑞莎讲完话以后，就轮到几个被大会请来的歌手轮流演唱意大利歌曲。台下的人这时也开始喝葡萄酒，也吃不断送上来的一道又一道的意大利美味佳肴。

这时我注意到，不知为什么在每道菜中都配有黄黄的柠檬，不论凉菜还是热菜。而且每桌的正中还放有一小筐鲜黄的柠檬。出于好奇，我便拉住多纳特问道："为什么这里的菜全都有柠檬，以前吃的意大利菜不是这样的。"多纳特听后充满感情地说："这些柠檬不是普通的柠檬，它们来自我们的家乡——意大利的西西里。在我们意大利老家有很多柠檬树，在各家的屋前屋后、街里街外，以及在原野和山冈上到处都有柠檬树；到处都可以闻到柠檬散发出的芳香。"说着，他沉醉地闭起双眼，仿佛陶醉在那满山遍野的柠檬树的美景里，以及柠檬散发出的迷人芳香之中。接着他又说道："每年在同乡会之前，我们都要从家乡西西里运来一些柠檬，专为在宴会上让大家享用。并以此来表达我们对西西里的思念之情。"说完他从桌上的筐里抓起一只大大的柠檬一下塞到我的手里说："闻一闻，我们西西里的柠檬，很香的。"脸上充满骄傲的神情。我

跳吧，卡萨布兰卡

轻轻地托起那只柠檬，只觉得一股清香飘了过来，顿时我便陶醉在那股清香之中。"真的很香！"我惊叹道。"为什么这么香呢？"我又问多纳特。他裂开嘴，露出洁白的牙齿笑着说："因为它是西西里的柠檬，只有在我们的西西里才能长出如此清香的柠檬。"

生活在多伦多像多纳特一样的老一辈的意大利人，在第二次世界大战时和战后陆陆续续地来到加拿大。刚到加拿大时他们普遍都很贫穷。可后来他们中的很多人，包括多纳特，都把自己仅有的一点钱投资在土地上，购买了在多伦多郊区大片大片的，在当时价格非常便宜的土地。就像他们在西西里老家买地种柠檬一样。当然现在这些土地早已身价倍增了。当然，当年他们在多伦多买地不是为了种柠檬，而是用来搞开发，盖房子，建商场。所以在多伦多甚至在整个加拿大，做房地产开发生意最多的人就是意大利人。多纳特本人就是一个不小的房地产开发商。而我的意大利邻居也是一个在加拿大很有名气的房屋开发商。他家也是来自意大利的西西里，但不是从多纳特那个镇上来的，所以今天他家就没有出席这个同乡聚会。但是从他们镇上来到多伦多的人，每年也举行类似的同乡聚会，就像多纳特他们一样。

经过老一辈的辛苦创业，相比之下，生活在多伦多的第二代意大利人的生活就好多了。他们大都出生在加拿大，受过高等教育，会讲意大利语、英语和法语等多种语言。而且他们有父辈们的土地和金钱做靠山，所以他们的房地产开发生意都是红红火火的。尤其是近几年，由于加拿大本国经济不错，使他们的生意更是水涨船高了。

至于那些还在读书的第三代意大利人，不知他们会不会像他们的祖辈那样热衷于买地，或是像他们的父辈那样热忠于建房屋。也许这些生长在加拿大的更年轻的意大利人将来既不去种柠檬，也不去建房屋，他们一定有属于自己的理想。但是我相信这些更年轻的西西里的意大利人一定会超越他们的祖父辈，为自己在加拿大创造出一个更广阔的生存天地和一个更美好的未来。

同乡会后，每家每户都带回了那一小筐来自西西里的柠檬。我也得到了一筐柠檬。舍不得吃，我便把它们放在房中，只为拥有和欣赏西西里柠檬散发出的那种独特的迷人的芳香。

跳吧，卡萨布兰卡

　　凯瑟琳穿着一身黑衣，苍白的脸上满是泪水。一双年幼的儿女一左一右地站在她的身旁，用小手紧紧地抓住她的衣襟。此时他们并不明白为什么爸爸会睡在那个木盒子里，他们只是跟着妈妈一起哭泣。

跳吧，卡萨布兰卡

　　凯瑟琳穿着一身黑衣，苍白的脸上满是泪水。一双年幼的儿女一左一右地站在她的身旁，用小手紧紧地抓住她的衣襟。此时他们并不明白为什么爸爸会睡在那个木盒子里，他们只是跟着妈妈一起哭泣。

　　凯瑟琳是我的一个朋友的朋友。早就听说她的丈夫凯文得了肺癌，但是没有想到这么快就走了。
　　第一次，也是最后一次见到凯文是在他去世前的一个月，在他的家中。那时凯文刚刚出院，因为他的病情已经稳定，所以不必再住在医院里了。那天凯文看上去精神还不错，瘦消的脸上也有了几分血色。他还不时地在房中走来走去，与我们这些前来探望的，认识和不认识的朋友闲聊。谁知不到一个月就接到了凯文去世的消息，实在是太突然了。

　　凯文和凯瑟琳都是阿拉伯裔的加拿大人。凯文生前是一个建筑工程师，很年轻时就与凯瑟琳一起从摩洛哥的卡萨布兰卡来到加拿大。他们的两个儿女都出生在加拿大。几年前，凯文在沙特阿拉伯找到了一份不错的工作，于是他们全家离开加拿大去了那里。后来听说这家人又突然回到了加拿大，因为凯文得了癌症。如果留在沙特阿拉伯治病，就要花很多的医药费，而回到加拿大便可以享受免费治疗。但是加拿大的医生也没有留住凯文的生命，他终于在患上癌症的两年以后，在他只有三十九岁时就去世了。

这时凯瑟琳向我走来，长长的睫毛上仍然挂着泪水，本来她那还算漂亮的阿拉伯式女人的面孔，这时也被黑色的眼影涂得黑一块白一块了。

生活中的凯瑟琳是一个善于交际，虚荣心很强的女人。她人长得还算漂亮，也有一个丰满匀称的身材。听说她年轻时能歌善舞，至今有时朋友们聚会的时候，她也给大家唱歌，而且是边唱边跳也还精彩。

凯瑟琳是一个中学教师，在学校教法语。从前她对自己的生活很满意，也为自己拥有六双名牌皮鞋而自豪，更把丈夫凯文常常挂在嘴边。在人前不时流露出掩饰不住的满足的笑容。现在凯文突然走了，她当然悲痛万分。

我握住凯瑟琳伸给我的一双冰凉的手，很同情地劝她不要过份伤心。但是她的泪水仍然不停地流下来，于是我用双手抱住她，让她能感到多一些的安慰。

多年以前，我的一个很要好的朋友道格拉斯问我："妮歌，你喜欢不喜欢看跳舞？"我说："当然喜欢。你为什么问这个？"道格拉斯说："我的一个来自摩洛哥卡萨布兰卡的、阿拉伯裔的朋友能唱也能跳。如果你想看她跳舞，星期六的晚上到我家来，因为那时这个能唱能跳的卡萨布兰卡的女士也会来我家。"刚好那个星期六的晚上我没有什么事，而且也出于好奇，所以我就答应了道格拉斯。

跳吧，卡萨布兰卡

那天晚上，我按时到了道格拉斯的家，见到了凯瑟琳。那天，凯瑟琳身穿一身白色衣裙，不仅与各位来宾谈笑风生，还给大家唱了她最爱唱的《卡萨布兰卡》，当然是边舞边唱。那次是我第一次见到凯瑟琳，也是第一次听她唱《卡萨布兰卡》。

葬礼后，凯瑟琳送丈夫凯文回摩洛哥老家去，所以我有一段时间没有见到她，也没有听到有关她的任何消息。

凯瑟琳出生在摩洛哥的卡萨布兰卡。母亲是一个很漂亮的阿拉伯女人。父亲是一个经营杂货的阿拉伯小商人。据凯瑟琳说，因为她的父亲太老实，所以他的生意越做越小，最后终于破产了。

凯瑟琳在卡萨布兰卡读完高中以后，就与男友，也就是后来成为她丈夫的凯文一起来到加拿大求学。大学毕业后，他们两人留在了加拿大，一个做工程师，一个当教师。很快他们结了婚，后来有了两个孩子。凯文去世时，他们的儿子七岁，女儿五岁。

凯文去世后的第二年再见到凯瑟琳时，已不见她的泪水和黑衣。她已与我上次在凯文的葬礼上见到的那个凯瑟琳大不相同了。她身穿一袭彩装，春光满面，又快乐地唱起了《卡萨布兰卡》。"嘿！妮歌，咱们两个喝一杯！"凯瑟琳唱完歌，突然跑过来拉我喝酒。她满满地给我倒了一大杯冒着白沫的啤酒兴高采烈地说："为了我们的深厚友谊和久别重逢干杯！"我微笑着接过凯瑟琳递过来的啤酒喝了一小口。我平时不喝酒，今天喝这一口也是为了凯瑟琳。喝过之后只觉得酒苦苦的，凯瑟琳的祝酒词也有点怪怪的。

　　出生在摩洛哥的凯瑟琳有纯正的阿拉伯血统。她的阿拉伯名字叫做"瑞妮娅"。但是凯瑟琳喜欢叫自己"瑞妮"。因为这是很接近"瑞妮娅"发音的法语，意思是"女皇"。可是我们大家都只叫她的英文名字"凯瑟琳"，因为谁也不愿意称她为"女皇"。

　　凯瑟琳不仅能唱《卡萨布兰卡》，也能讲阿拉伯语、英语和一口十分流利的法语。阿拉伯语应该是她的母语，法语是凯瑟琳在摩洛哥时讲的另一种语言，而英语是她来到加拿大以后学会的。在这几种语言中，最让凯瑟琳引以为自豪的是她的法语。她甚至觉得自己讲的法语要比在加拿大出生的法国人讲的法语还要纯正。因此，凯瑟琳才选择了教法语的职业。

　　在日常生活中的大多数时间里，凯瑟琳也只讲法语。久而久之，她竟忘了自己是一个阿拉伯女人，而把自己幻想成一个会唱《卡萨布兰卡》的法国女人了。每当有人问她，凯瑟琳，你来自哪个国家时，凯瑟琳总是用法语回答说，我是出生在卡萨布兰卡的法国人。

　　凯瑟琳不喜欢别人叫她的阿拉伯名字"瑞妮娅"，更不愿意别人说她是阿拉伯女人。因为她认为既然能讲流利的法语，就应该算是法国人了。但是凯瑟琳却忘记了自己有一个极标准的阿拉伯女人的面孔。

　　我向来对不认祖宗也不承认自己的真正血统的人不屑一顾。所以每当凯瑟琳用法语大谈她的法国血统的时候，我总是赶快走开，也替她感到悲哀。

跳吧，卡萨布兰卡

凯瑟琳一家住在一幢公寓大楼里。在那座公寓里住的居民大多是租客，很少有房主。而大多是租客的公寓楼里的秩序和卫生总是不如房主自住的公寓楼好。因为租客们只是每月付租金，并不拥有房产，所以他们就不太爱惜房里或是楼里的一切。

凯瑟琳一家也是租房住。但她却像拥有那座公寓大楼一样，不喜欢其他租客破坏楼里的环境和卫生。更看不惯那些一窝蜂拥进电梯，一踏上电梯就关电梯门的租客们，也常听她用法语愤愤地说："那些阿拉伯人就是没有礼貌，一上电梯就关门，好像他们拥有这座大厦一样。"

凯瑟琳住的这座大楼里住着各种各样的人，不只是阿拉伯人，当然也有法国血统的加拿大人。可是凯瑟琳总是爱把错推到阿拉伯人身上。如果哪天她被法裔加拿大人关到了电梯外面，她也会心平气和地解释说："那是因为他们不小心才会这样。"

凯瑟琳在人前时只讲法语，而且很大声地讲。在电梯里，在楼下的花园中，常常可以听到她的慷慨激昂的法语。凯瑟琳不许她的孩子们在人前讲阿拉伯语，偶尔非讲不可时，她也会降低声音一点儿也不慷慨激昂。

我不太喜欢凯瑟琳的所为，而且她本来也只是朋友的朋友，所以我就尽量避开她，免得累我为她悲伤。

有一天，我的朋友道格拉斯说，他的这个阿拉伯朋友凯瑟琳正在努力寻找男友。条件是：第一，这个男友一定要有法国血统，能讲法语；其二是，人要富有，至少也能像她的前夫那样给她买六双名牌皮鞋。

　　不久后我的朋友道格拉斯又说，凯瑟琳到底找到了一个让她十分满意的男士。这位男士可以讲法语，还是法裔加拿大人。虽然有百分之几的印第安人的血统，不过从他的外表上一点儿也看不出来，不说没人知道。既然没人知道也就只当他是百分之百纯正的法国血统。另外凯瑟琳也认为这位男友很富有，而且是单身一人生活，没有结婚。看来这位男士完全符合她的那两个条件，所以凯瑟琳也就不再去找别人了。她要用全部的精力和魅力去捕获这个让她非常满意的男士的心。

　　其实，凯瑟琳觉得很满意的这个男士并不像她所想的那么富有。他也有妻子和几个儿女，只是他的家人住在魁北克，很少来多伦多。这个男士每逢节假日都要回家与家人团聚。而且这位男士并不爱凯瑟琳，也从未打算和她结婚。

　　过了一些时候，我的朋友道格拉斯在闲谈中又提到了他的朋友凯瑟琳。他说：“凯瑟琳到底知道了她的所谓男友的一切。因此她伤心极了，并与那位男士大吵了一架。但是凯瑟琳并没有与他断交，因为她是一个聪明的女人，她不愿意就这么轻易地放弃一个自己精心挑选出来的未来丈夫。”每晚或是每个周末，她仍然主动打电话给她的“男友”，请他到家里喝茶，重叙旧情。

　　凯瑟琳坚持这么做的理由是，虽然她发现这位男士有一些方面不能满足她的要求，但是那些方面毕竟都是次要的。最主要的是，这位男士到底有百分之许多的法国血统，也讲法语。

　　至于这位男士的妻子和儿女，凯瑟琳认为那也不是太大的问题。因为凯瑟琳觉得既然这位男士离开家独身一人

跳吧，卡萨布兰卡

住在多伦多，这已经说明他并不爱他的家人。所以凯瑟琳有信心用自己的魅力去赢得这位男士的心，让他最终完全属于自己。

关于这位男士并不太富有的这个问题，凯瑟琳也有自己的打算。她认为这位男士现在还不算太老，在他脱离现在的这个家庭以后，他挣的那些钱也就自然会变多了。而且在他们结婚以后，她的这个新任丈夫还有能力和时间去挣更多的钱。在凯瑟琳看来这位男士的一切都可以在他们结婚以后改变。唯一不能变的是这位男友的血统，这也是让凯瑟琳最满意的一点，不能变才最好。

还有一点也是凯瑟琳看来最不重要的一点，那就是这位男士是不是爱她的这个问题。凯瑟琳对此更不以为然，因为本来她寻找的就不是一颗爱心，她要这位男士只是为了满足自己的虚荣心。

在凯瑟琳的电话攻势下，这位男士不仅没有被她降伏，反而逐渐离她远去，另结新欢。凯瑟琳对她的男友吵过、哭过、闹过，也用她的流利的法语骂过，但是全都无济于事。她只能眼睁睁地看着自己精心挑选的"未来的丈夫"被别人夺去。

也许从一开始凯瑟琳就犯了一个错误。她一心只想找一个有法国血统的男友，但是她却忘记了法国人特有的性格,那就是浪漫和不拘。她只知道自己在挑丈夫，却不知道那个浪漫的男士只是在寻欢做乐。

一个星期五的晚上，凯瑟琳突然打电话给我，说要到我家来和我谈一谈心事。接到她的电话我觉得很奇怪，因为我和她并没有什么私人友谊，她也从未打电话给过我。

而且我们每次碰面都是在某个朋友的家中，总是有很多人与我们一起。这次凯瑟琳竟然要到我家来与我单独谈话，我当然奇怪。另外我也不知道她从谁那里讨到了我家的电话。

凯瑟琳在电话中央求我请她到我家来，并保证不会打扰我太久。于是我就答应了她，并问她是否有我家的地址。她忙说："有，要电话号码时一起从道格拉斯那里要来的。""当然了，她一定会有我家的地址,电话号码有了,怎能没有地址呢?"我想，"而且，她一定是闹得道格拉斯没有办法，才从他那里得到了我的电话和地址。"

凯瑟琳开着她那辆一直让她引以为自豪的、紫红色的雪夫兰轿车来到了我家。进了客厅还没坐稳，她就已经先哭了起来。看着凯瑟琳悲痛万分的样子，我感到有些束手无策。因为我们既不是很亲近的朋友，而且我也不知道她为什么如此伤心，所以只能看着她哭，并不知应该说些什么。这也是自从凯文的葬礼以后，我第一次看见她哭。

哭了一会儿，凯瑟琳不哭了，还有点不好意思地对我笑了一下。我递给她一盒纸巾，还在等她先开口。凯瑟琳抽出一张纸巾擦了擦眼睛上的泪水，又抽出一张擦了擦鼻子，再抽第三张时她的手停了下来，也终于开口说话了："对不起，我这个样子来找你真不好意思，但是我确实没有别的办法了。我想现在只有你能帮我了。因为你写过很多故事，所以我想既然你能写出那么多精彩的故事，你就一定有办法帮助我。"听了她的话后我想，"也许她以为能编故事的人就能帮她编出一个美丽的人生。"但是我对她说："凯瑟琳，你一定又搞错了。会写故事的人并不能

跳吧，卡萨布兰卡

像神父那样给你帮助，你应该去的地方是教堂而不是我家。"因为知道凯瑟琳早已经从一个伊斯兰教徒转变成一位虔诚的基督徒了，所以我才这样说。

凯瑟琳这时刷地一下抽出那第三张纸巾，这次她擦了擦嘴角，然后说道："但是有关爱情方面的事情，我想还是写故事的人更有办法帮助我。"既然她如此器重我，我也就不推辞了。于是我又对她说："那就请讲你的故事给我听，我也尽力帮你编一个好一点的结局。"

"妮歌，你还记得我的那个男朋友吗？"凯瑟琳开始讲她的故事："就是那个会讲法语的男朋友。我听说他现在有了一个新的女朋友，是一个意大利人。人长得没有我漂亮，也不性感。我真不明白他为什么不要我，而要这个不会讲法语的意大利女人。"一听凯瑟琳又要开始谈她自己最感兴趣的法语和血统，我就急忙打断她的话说："对不起，凯瑟琳，我没有办法帮你夺回你的前男友，你也不能强迫别人去爱你。同样，别人也不能强迫你去爱什么人。重要的是两人互相欣赏才能相爱，你说呢？"这时，凯瑟琳脸上的表情看上去似并不同意我的观点。当然我也没有希望我的几句话就能让她改邪归正。凯瑟琳没有回答我，我也没有再说什么。本来是她要到我家来找我，又不是我主动去她家开导她，所以说过后我也觉得心安理得。

自从凯瑟琳离开我家以后,我又有很久没有见到她。

凯瑟琳的丈夫凯文去世很多年以后，凯瑟琳仍然是单身一人带着两个儿女，守着六双名牌皮鞋。她唱的《卡萨布兰卡》也有些走味，舞得也不如当初般精彩。很多男性朋友也都被她吓跑，因为，凯瑟琳每时每刻都在努力地从他们当中选择自己的新郎。

我觉得这不应该是这个阿拉伯女人的故事结局。因为如果避开凯瑟琳身上的虚荣和盲目的傲慢不谈，其实她也有一些可爱的地方。比如说，她热爱生活，心地也还善良。所以有一次我主动打电话给凯瑟琳，约她来我家吃晚饭。我这么做是想再努力一次让自己成为她的朋友。

凯瑟琳如约而来，并再三感谢我的好意。可是,随后她立刻就开始滔滔不绝地向我诉说她的不幸。她说："我不仅没有找到一个新的丈夫，而且朋友们也都离我而去。"她还抱怨自己在变老变胖，同时又赞叹中国的饭菜好吃，夸我的手艺很好。其实，那些中国饭菜是我从外面中国餐厅订来的，因为我不会做饭，也不喜欢做饭。

这次与凯瑟琳单独相处以后，还是没能说服自己去做她的朋友。但是我却愿意用我的笔帮助凯瑟琳写一个有关她自己前途的美好的结局，也不辜负她对我的信任。

在将来的某一天，凯瑟琳的孩子们已经长大成人了。仍然孤身一人的凯瑟琳突然意识到，也许有一天她会孤独地老死在加拿大，没有亲人也没有朋友陪伴。

凯瑟琳想："与其在加拿大勉强做一个冒牌的法国人，不如回到自己的故乡去做回原来的阿拉伯女人。"于是她毅然决然地决定退休后回到摩洛哥去，回到故乡卡萨布兰卡去，回到自己的亲人当中去，让自己的心得到宁静和安慰。从此也不用再为辛苦地去做一个法国人而让自己的身心疲惫了。

回到摩洛哥后，那里的亲人和朋友们都非常爱她、尊重她，因为她是一个在加拿大受过高等教育，也曾经当过

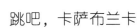

跳吧，卡萨布兰卡

教师的阿拉伯女人。凯瑟琳在卡萨布兰卡生活得就像一个"瑞妮"一样。"瑞妮"这个名字就是当年在加拿大时，凯瑟琳给自己起的，除了她自己以外谁也不愿意叫的，意思是"女皇"的法语名字。

在卡萨布兰卡，凯瑟琳也找到了自己梦中的白马王子，一个能讲法语，也非常富有的阿拉伯石油商人。

幸福的生活使凯瑟琳又尽情地唱起了《卡萨布兰卡》，当然还是边舞边唱。

我希望凯瑟琳能喜欢我为她写的这个美满的故事的结局。

飘进眼睛里的云彩

　　路上所见到的景色确实美极了。尤其是在一段高速公路的两边竟然有两种截然不同的景色。路的左边是蓝蓝的大西洋，而路的右边却是一个被树木环绕的，绿绿的淡水湖。我们的车就在这蓝与绿之间穿行。在大西洋这一边的岸上，几只海豹慵懒地躺在冬日的阳光下晒太阳，一幅人间天堂的景象。"哇！太美啦！"我情不自禁地赞叹道。我的快乐情绪似乎也感染了彼得，他的话这时也多了起来。

跳吧，卡萨布兰卡

那年冬天，多伦多又湿又冷，已经是四月初，路边仍可见已经变成灰色的积雪。

我也因此整整一个冬天都躲在多伦多郊区的一家小酒店里没有出去旅行。

一天，一个住在斯高沙省哈里法克斯市的朋友打电话来，邀请我去他那里玩。那时，我不是很忙，况且也正想出去走一走，于是便答应了他，还立刻打电话去航空公司订了一张第二天去哈利法克斯的机票。

第二天一早，我在酒店门口要了一辆出租汽车，就去了多伦多皮尔逊国际机场。

在去机场的途中，那个来自黎巴嫩的出租汽车司机热心地与我聊起来。

"你离开多伦多要去哪里？"他问我。

"正要去哈里法克斯。"我回答。

"哈里法克斯可是一个极美丽的城市，两年以前我曾经去过一次，而且很喜欢那里。"他说。

"机票在那里订的？"没等我说话，他又问我。

"打电话去航空公司那里订的机票。"

"为什么到航空公司去订机票？难道你不知道在那里定机票很贵吗？如果去旅行社买机票就会便宜许多。"他带着惊讶的语气说。

"你付了多少钱买机票？"他又问我。

"付了七百多元，买的是往返机票。"我望着窗外不太经意地回答他。

"什么！你付了七百多元买的去哈里法克斯的机票？太贵了！太贵了！"他不无遗憾地说。这个司机惊讶的语气让我感到很吃惊。也奇怪他为什么会这么大惊小怪。

"你知道吗，如果你去旅行社订机票只须二百多元就够啦!!"他带着无比惋惜的口气说。

"真的吗!"这次轮到我惊讶了，"有这种事？为什么航空公司多收我五百元？"我气愤地说。

"下次记住去旅行社定机票就是啦。"司机边说边摇了摇头。我很熟悉他做出的这个摇头的动作，也知道这个动作的意思，因为在加拿大这里，人们在表示气愤而又无可奈何的时候往往都会做出这个动作，甚至许多刚到本地的新移民英语还说不好时，这个摇头的动作是一定会做的。

机场很快就到了，这位热心的出租汽车司机帮我把行李提到取票处，又说了"一路平安"才离去。

取票时，我顺便问起票价的问题。坐在柜台后边的漂亮小姐很客气地回答我说："这不是我的责任，我只管发票。"然后她又笑容满面地加上一句："对不起!"这个只管发票的小姐的回答早在我的意料之中，于是我也笑嘻嘻地谢了她，便拿上登记牌去登机了。

从多伦多到哈里法克斯只需要两个多小时的路程，所以我们的飞机是一架比较小型的客机，飞机上的乘客也不太多。我找到自己靠窗的座位坐下后，飞机很快就起飞了。

机舱里有几个来自日本的老年游客，正在叽叽呱呱地讲着日语。另外也有几个像是有公事在身的乘客，他们有的在看报纸，有的在看手提电脑。最引人注目的是离我最近的四个高大的年轻人。他们的肤色有黑有白，其中还有一个像是印第安人。他们每人都梳着长发，穿着腿上有洞洞的牛仔裤，手中都有一把吉他，很像是一个摇滚乐队。由于身材高大，他们只能勉强地把自己塞进座位里，没有地方放的两条长腿就只好弯弯地蜷曲着不能动弹了，看上去真有点委屈他们。

后来得知，那天他们是去哈里法克斯参加一个演唱会。听他们说，他们经常在加拿大的各个省份和美国之间飞来飞去，也经常会坐这样的小飞机，所以他们已经习惯了这样的小座位，并不觉得太难受。

两个多小时很快就过去了。在机场与这几个摇滚歌星分手后，我就坐上前来接我的朋友的汽车，去了昨天已经订好房间的希尔顿酒店。

这家希尔顿酒店位于哈里法克斯市的市中心，它的周围是仅有的几座在这个城市已经算是高大无比的建筑物了。这几座建筑物是这个城市里的各大公司与政府部门的所在地，一个很大的两层楼高的商场坐落在这几座楼的中间。

我要住的希尔顿酒店离水很近，是一座一半建在水上，也就是一半建在大西洋上，另一半建在陆地上的建筑物，远远望去这个酒店就像一个空中阁楼。

朋友还没有下班，所以他把我放在酒店后就马上赶回公司去了。临走前，他与我约好晚上过来和我一起吃晚饭。

我独自拿了行李去柜台取钥匙。那里的先生说："我们已经给你准备了一间在海这一边的房间，你可以从那里尽情地眺望大西洋。希望你喜欢。"我听了非常高兴，一边连声道谢，一边抓起钥匙便急不可待地奔向房间去了。

我的房间在三楼，并不太大，但确实是希尔顿酒店的风格。宽敞的玻璃窗把一望无际的大西洋呈现在我的眼前。这是我生平第一次这么近距离地望着让我向往的，神秘的大西洋，可我觉得我当时对大西洋并没有一点儿陌生的感觉，好像每天都生活在她的身边一样。我呆呆地望着大西洋，听着有韵律的海浪声，人突然变得好平静，好舒服，就是不想离开。

房间里的电话突然响起来，知道是朋友过来接我去吃晚饭，这才不得已地离开了被橘红色的晚霞拥抱着的大西洋。

那天晚上，我睡得很香甜，梦中我躺在大西洋上的一叶小舟里，与波涛一起飘向远方。

第二天早上，我起得很早，到楼下的餐厅吃了一顿我非常喜欢的，丰富的西式早餐。在西方国家，人们很重视早餐，所以早餐总是准备得很丰富也很漂亮，让人看了就大开胃口，不像我们中国人的早餐那样总是千篇一律，而且简简单单。即使已经在国外生活了很多年后的今天，我最喜欢吃的还是那些美丽又丰富的早餐。

早餐后，我打电话给我的朋友，说今天不想打扰他，只想一个人出去走一走，让他安心去上班。打过电话，我去酒店的前台拿了一张本市地图，向酒店里值班的人打听，在这张地图上那么多的观光景点中，哪里最值得一看。一位看上去像是经理的女士和蔼可亲地向我介绍了一

跳吧，卡萨布兰卡

番本市，然后她的手指指向一个叫做"湃吉斯海湾"的地方说："这里是本地很著名的景区，不可不去。而且去那里只需要一个多小时的路程。"我问她："那里有些什么？"她说："有一块很有名的大岩石，从那里可以看到名副其实的大西洋的波涛。"说着，她还非常仔细地在地图上标出如何去那里的标记。最后又让人去门口叫出租汽车，一切都安排的井井有条又彬彬有礼。我向这位训练有素的女经理道过谢，就去门口乘出租车了。

我刚刚走出酒店的大门，一辆红白相间的出租汽车就缓缓地停在我的面前，司机是一个有一张中国人面孔的年轻人。我觉得有些奇怪，因为从昨天下飞机到今天，我还没有在这里见到过一个长得像中国人的人，当然除了我自己之外，大概因为这里比较偏远和寒冷，中国人不愿意住到这里来，所以在这里就不像在加拿大的多伦多和温哥华等大城市那样，到处可以见到中国人。

因为我自认为这个小司机是中国人，所以我用中国话问他："你能不能带我去城里转一转，然后就去这个地方。"我边说边用手指向地图上那个被热心的，酒店的女经理用红色的笔圈起来的"湃吉斯海湾"。

听了我的中国话，那个小司机一脸茫然，好像完全不懂我的意思。这时，我才意识到原来他不是中国人，只是长得很像而已。于是我改用英语又说了一遍。这次他听懂了，也用英语说："在市里转一转，再去'湃吉斯海湾'大约需要五六个小时，我收你一百元车费。"他的话老练又干脆，我想他一定经常去那里。"可以。"我没有讨价还价。"请上车吧。"小司机说。

　　哈利法克斯市这时也是冬季，而且这里的冬季比多伦多的还要冷一些。街上能见到很多积雪，路上的行人极少，车也不多，此时这个小城看上去非常冷清。虽然是在冬季，白雪覆盖着大地，可是从那些小巧玲珑色彩鲜艳的欧式建筑物和路边园林的设计仍然可以看出这个小城的秀丽。

　　"我叫妮歌，从多伦多来。"我介绍自己给那个小司机。见小司机没有照惯例介绍他自己，我便主动问他："你叫什么名字？你从哪里来？""我叫彼得。我是越南人。"彼得说，他的脸上掠过一丝伤痛。

　　知道彼得不愿意多说话，我也就不再问他。只是跟着他的车子在城里无声地转来转去。我们去了哈里法克斯的美丽海港，也经过了在第一次和第二次世界大战中战死的加拿大士兵的墓地。在离开市区之前，彼得终于开口说话了："妮歌，你经常旅行吗？"听他突然主动问我，也怕他又闷回去，所以我赶紧回答："是的，我经常旅行。""你为什么到这里来？"他又问我，"因为我听说这十分美丽，而且也很想看看神秘的大西洋。"我特意用轻松和愉快的语气回答他，想让这个忧郁的小司机高兴一点，因为这样可以使车里的气氛轻松一些。"你是哪里人？"彼得又问我，这时他看上去已不似先前那样忧伤了。"我住在多伦多，可我来自中国。"我回答道，"从小我就很想去中国，因为我的妈妈是中国人。""原来如此，难怪他看上去这么象中国人。"我想。"我也一直想去多伦多，可是没有时间。"彼得又说。"为什么？"我问。"因为我要挣钱，没有时间去。"彼得回答。"从这里飞去多伦多只需要两

跳吧，卡萨布兰卡

个多小时。如果你在多伦多逗留两天，那么来回也不过三四天的时间。"我说。"可是我一天时间也没有。"彼得固执地说。"为什么？"我不知不觉地又问了一个为什么。这次彼得用一个奇怪的眼神看了我一眼说："因为我要挣钱。""钱？他怎么老是提钱？"我在心里嘀咕着，嘴上不知不觉地说："你好像很喜欢钱。""我需要钱养活我自己和一个与我同居的也是来自越南的女孩儿。我和她都是从香港过来的越南难民，我们刚到这里不久。来的时候身无分文，所以要不停地工作才能在这里生存下去。"彼得辩解道。"原来是这样，看来我有点冤枉他了。"

彼得把车开上了高速公路。"现在我们就去湃吉斯海湾，去那里大约有一百多公里的路程，一路上的风景很美，你不会觉得闷的。"

我们很快就出了城。路上所见到的景色确实美极了。尤其是在一段高速公路的两边竟然有两种截然不同的景色。路的左边是蓝蓝的大西洋，而路的右边却是一个被树木环绕的，绿绿的淡水湖。我们的车就在这蓝与绿之间穿行。在大西洋这一边的岸上几只海豹慵懒地躺在冬日的阳光下晒太阳，一幅人间天堂的景象。"哇！太美啦！"我情不自禁地赞叹道。我的快乐情绪似乎也感染了彼得，他的话这时也多了起来。在以后的路上，彼得给我讲了一个他自己的故事。

彼得的父亲曾经是一位将军，可是后来却被关进了监狱。彼得和他的母亲以及两个姐姐也都被关在自己的家中不能随便出入，要等父亲被判决后，才能决定全家人的命运。

184

在这种没有自由，没有欢乐的环境里，彼得渐渐地长大了。

在彼得的父亲被杀害以后，他的母亲和姐姐们决定让彼得逃出越南。

经过周密的安排，在一个漆黑的夜里，彼得离开了家人，离开了祖国，他加入了一支逃亡的队伍，乘上一条鱼船去了香港。那年彼得才十五岁。

经过了许多周折和艰险以后，彼得终于到达了香港。

在香港，彼得和他的同乡们被送到难民营。在难民营里住着很多越南人，都是早些时候像彼得他们一样从越南逃出来的。他们中的有些人已经在这里住了很久。

彼得在难民营里住了两年。两年中，他没有得到任何有关母亲和姐姐们的消息。虽然彼得不知道家里究竟发生了什么事，但是他坚信他一定还能见到自己的亲人。所以彼得坚持留在香港等他的家人。因此他错过了很多次可以离开难民营的机会。

直到有一天，彼得见到了一个刚刚从越南逃出来的往日的邻居，他才知道自己的家人都死了。今生他再也不能见到爸爸、妈妈和姐姐们了。彼得痛哭了几天几夜，也曾想过了却自己年轻的生命。后来，彼得带着心中的巨大创伤与悲痛来到了加拿大。现在彼得已经二十岁了。

泪水沿着彼得年轻的脸庞淌下来。他不停地用手抹去脸上的泪水，好像觉得不应该在我的面前流泪。可是不断涌出眼眶的泪水还是不停地在他的脸上流淌。

我的心好像被压上了一块巨石，有些喘不过气来。"不要哭，现在不是好了吗？你已经在加拿大了，从此再不会有人伤害你了。"

　　"住在加拿大这里很安全，一切都很好。只是生活在这里让我感到很孤独。"彼得说道。"早些时候听你提到过一个越南女孩儿，你们现在不是住在一起吗？""我们是住在一起，但是我们并不相爱，只是因为我们都害怕孤独才在一起。"彼得的眼睛望向一个遥远的地方。也许,此时他的心早已飞回故乡，在故乡的天空翱翔。

　　我们的车驶进了湃吉斯海湾的景区。彼得停好车后便与我一起走向一块巨大的岩石。那块岩石很高，它的下面就是湍急的海水。呼啸而来的巨大的海浪一次又一次地撞击着我们脚下的岩石，气势磅礴，就像是无数勇敢的士兵在号角声中一齐冲向前方。

　　"在春季时这里的海浪会更大些，如果不小心就会被海浪卷到海里去。"彼得边说边拉我退后几步，好像怕我会被海浪卷去似的。"彼得，你常来这里看海吗？""是的，有时是带游客来，有时只有我自己。"他的一双又黑又圆的眼睛依然望着远方，海风吹动着他的黑发，他的脸上流露着在他的年龄少有的严肃和悲伤的表情。他的侧影看上去就像一座雕像。

　　"这里的风很大，我们要不要去那边的咖啡厅坐一会儿？"我说，彼得默默地跟着我进了专为这块岩石而设的礼品店兼咖啡厅。我们找了一个靠窗又能看见海的座位坐下。此时店里除了我们两人以外别无客人，显得很安静，只有窗外传来的海浪撞击岩石的声音。

　　现在是冬季，游人不多。或许春季浪更大时，天也暖一些的时候，游人就会多一些了。

　　我要了两杯咖啡与彼得一起慢慢地喝着，也继续听他的故事。

　　海浪声中，彼得忽然提高声音说："妮歌，你看见那些白云了吗？它们很像我家乡的云。在我小的时侯，爸爸常常带我去海边看白云，还讲故事给我听。"我怕彼得又伤心起来，急忙说道："彼得，你现在已经长大了，将来也会有一个自己的家，成为一个父亲，到那时，你可以带上自己的儿子来这里看云看海，也讲故事给他听。"这时，彼得年轻的脸上有了笑容。"对，等我有了儿子，我也讲故事给他听，讲我爸爸给我讲过的故事。将来有一天，我还要带着我的儿子回到越南老家去，去那里看故乡的云。"
　　那天我很晚才回到酒店。我的朋友已经在那里等了我很久。他自然不明白我为什么在湃吉斯海湾逗留了这么久，因为他没有听到那个感动人的故事。

　　回到多伦多以后，我总是忘不了那个越南小司机，忘不了他的故事。我也常常祝福彼得，希望有一天他能如愿以尝回到自己的故乡。

风中的秋千

　　格温妮斯太太每次回忆自己的一生时，她都会被过去生活中的快乐所打动而笑出声来；也会为曾经有过的悲伤而哭泣。可她还是不厌其烦地，每天都在午后的阳光中回到自己的记忆中去。

跳吧，卡萨布兰卡

一个风和日丽的下午，格温妮斯太太又照常坐在自家花园里的摇椅上回忆往事，身旁是她的爱犬巴比。这已经是她多年的习惯了。但是从什么时候开始的，她已经记不清了，大概是七十二岁，也许是七十六岁。格温妮斯太太今年是八十六岁。

格温妮斯太太的家是一个小小的，像她自己的年龄一样老的，有白色的外墙和绿色屋顶的木制房子。在房子的周围有一个不大的花园。因为正是夏季，所以花园里开满了色彩斑斓的花。

格温妮斯太太穿着一身舒适的，颜色也像花园里的花一样鲜艳的棉制衣裙和一双非常讲究的，也像她的衣裙一样舒服的粉红色的凉鞋。一头像瀑布一样垂在肩上，经过精心漂染的棕红色长发随着微风轻轻地飘动。

格温妮斯太太头发的天然颜色是深棕色。但是自从四十多岁开始有少量的白发以来，她就一直喜欢把头发染成棕红色。格温妮斯太太非常喜欢这个颜色，因为这个颜色在光线不太强时看上去是深棕色，很接近自己头发的天然颜色。但是当光线比较强时，头发的颜色就会突然变成像葡萄酒一样漂亮的酒红色。尤其是在现在这样午后的阳光下，格温妮斯太太头发的颜色就更像极了杯中的葡萄美酒。

大概是从四十多岁，也就是从刚开始有白头发时起，格温妮斯太太就已经千万次地编织和幻想人老了以后的感觉和老年人的生活。那时候她以为自己的晚年生活一定很孤独，在奔忙了一生之后，突然无事可做也一定会感到很无聊，美丽的容颜随着岁月逐渐消失一定十分可怕，当生命接近终点一步步走向死亡时也一定很恐怖。现在格温妮斯太太真的老了，可是这时除了她的小木屋和花园与她四十多年来想象的差不多以外，其它方面好像都不太一样，尤其是想象中的人变老以后的感觉与现在真正变老后的感觉就更不一样了。现在，她并没有觉得变老有原来想象的那么可怕，相反她觉得自己的黄昏岁月才是最美的。在这时她也能以一个轻松的心态面对逐渐走近的死亡。就像一个孩子对生活充满好奇一样，格温妮斯太太对死亡也充满了好奇。有时她甚至迫不急待地想去体验死亡的感觉，想得到死亡时的瞬间和永恒的快感。

格温妮斯太太记得，当她还是一个小女孩时就曾经幻想过死亡的感觉。那时，她已经能感觉到死亡就意味着一切都结束了，也意味着其实什么都没有发生过，或者说在这个世界上其实什么都没有存在过，甚至就连这个世界也许只是一个虚无缥缈的东西。而且这个什么都没有的感觉也不能再往下想，因为越想就越什么都没有。长大后的格温妮斯太太自己都感到奇怪，为什么自己从那么小的年纪就开始想象死亡，就能想象出一个其实什么都没有的世界。后来，这个其实什么都没有的感觉也仿佛跟着自己走过了漫长的人生。

现在格温妮斯太太真的老了，她对人生的看法也与以前不一样了。她觉得年轻时一天天地按照日历数日子时，当然就会觉得时间过得很慢，每天每年都很长。当人老了以后，在所剩不多的人生的日子里便可以尽情地回忆往事。而且每天都至少能从头回想一遍自己的一生，如果自己喜欢还可以一遍又一遍地重温自己的一生，在一天里就能走过已经过去了的几十年的漫长岁月。所以现在格温妮斯太太感到，其实长长的人生也只不过是一个短暂的瞬间。而每天都能够回忆自己一生的这种事，恐怕只有像自己这样老的人才能够享受到。

格温妮斯太太每次回忆自己的一生时，她都会被过去生活中的快乐所打动而笑出声来；也会为曾经有过的悲伤而哭泣。可她还是不厌其烦地，每天都在午后的阳光中回到自己的记忆中去。

格温妮斯太太出生在意大利的罗马。她有两个哥哥和一个弟弟。格温妮斯太太小时侯是一个既爱哭也爱笑的小女孩，其实，至今她仍然是一个爱哭爱笑的女孩。那时，因为她是家里唯一的女孩，所以，从小她就没有玩伴，只能和自己玩，因此她的性格一直都比较孤僻，在人前也会害羞。但是，那时的小格温妮斯却非常喜欢幻想，幻想一些她从未见过和从未经历过的事情，经常陶醉在自己一个人的世界里。

小格温妮斯长大以后离开了罗马，到美国去读书。大学毕业以后，格温妮斯太太开始写书，成为一名作家，也结了婚。她的丈夫多米尼克·奥利弗先生是学建筑的，可是后来却当了律师。格温妮斯太太和他的丈夫多米尼克·奥利弗先生生有一个儿子。儿子现在早已长大成人，有了自己的家和自己的孩子。

三十多年以前，格温妮斯太太就与丈夫多米尼克·奥里弗先生离婚了，过着独居生活。离婚以后，格温妮斯太太搬到了加拿大，因为她喜欢加拿大的美丽和宁静的田园式的生活。

格温妮斯太太从来都没有一个十分要好的朋友，到了现在这个年龄，让她感触最深的是，在人的一生中只有真爱最难寻觅。她在儿时养成的孤僻性格，让她孤独了一生。可是她的孤独又使她有很多的时间去幻想、去编织一个并不存在的世界和故事，但是同时她也将自己锁在了那个由自己幻想出来的世界里。

现在格温妮斯太太已经老了，她除了对死亡这个她还未经历过的事仍然存在好奇以外，已经不再幻想什么了。她也不再写故事，因为她觉得已经没有什么可写的了。现在她每天所做的事就是回忆。她认为回忆往事也是一种享受，而且是比写作更轻松的一种享受。

格温妮斯太太从儿时喜欢幻想，到成年后喜欢写作，再到老年时喜欢回忆，她的一生都在与自己交谈。她不清楚别人是怎样度过一生的，她只知道自己是一个人自言自语地走过了漫长的人生之路的人。

现在，格温妮斯太太和巴比住在位于多伦多北部郊区的这个小木屋里。她很喜欢这个从年轻时就已经为自己想象出来的年老后居住的地方。这里也是她曾经幻想出来的天堂。

格温妮斯太太早已不再外出旅行了，她长年住在自己的天堂里。一个花园，一把摇椅，再加上巴比和自己的回忆，已经让她觉得生活得很丰富了。

巴比是一只波士顿犬。全身都是黑色闪亮的皮毛，只在脸的正中有一道白色的毛。巴比是格温妮斯太太的亲人，它已经与格温妮斯太太一起生活了十几年。巴比现在也老了，就像格温妮斯太太一样老，也像他们住的房子一样老。

跳吧，卡萨布兰卡

　　格温妮斯太太的邻居们大部分都是老年人。他们中的很多人都像格温妮斯太太一样孤身一人住在这里。其实在多伦多有很多老年人公寓，那里有很周全的，专为老年人而设的各种服务设施以及娱乐活动。但是格温妮斯太太和她的那些老年独居的邻居们却更愿意住在这里，因为这里更像一个家。而且住在这里也能让格温妮斯太太有更多的空间和时间回忆往事。

　　有时格温妮斯太太的邻居们也与她聊天，大多数时间聊的是有关墓地的话题。邻居们常常告诉她，哪里又新建了一个墓地而且很漂亮，或者是哪个墓地又在增大还加了一个有喷泉的花园。他们也互相询问对方到底对哪一个墓地更感兴趣，就像年轻人挑选新房或新衣一样。聊到兴奋时也会忘情地邀请对方将来埋在自己选中的墓地上。

　　每当这时，格温妮斯太太总是婉言谢绝他们的邀请，并且很认真地对她的那些好心的邻居们说："我还没有考虑好，以后再给你们答复吧。"其实格温妮斯太太的心中已经有了一个理想的墓地。她给自己想象的墓地是一片开阔的草地，草地上的墓碑不要太多也不要太密，因为她觉得即使在死后，她也仍然喜欢孤独，如果墓碑太多感觉上就已经不孤独了。另外，最好在这一片草地上有一些树，但是每一棵不要相距太近，也不要相距太远，如果再能有几朵野花点缀在这片绿色中就更好了。

　　格温妮斯太太不喜欢死后住在海边或者山上。她喜欢的地方就是她现在居住的地方，是她已经住了很多年的城市多伦多。虽然她曾经搬过几次家，但是都在同一个城市里，并没有搬到其它的地方去。

　　在格温妮斯太太将近七十岁的时候，她找到了现在她住的这个小木屋，也是她梦中的家。这个小木屋建在多伦多郊区特有的，有些微微起伏的，像绿色波浪似的山丘上。格温妮斯太太非常喜欢这种有一些起伏的，胜过喜欢海也胜过喜欢山。所以，她希望死后也能埋葬在这样的地方。

在几十年以前，格温妮斯太太就喜欢上了一块墓地。那时每次她开车经过那里都要停下车来多看墓地几眼，觉得死后能埋在那里也算是一种享受了。

格温妮斯太太虽然喜欢多伦多，也愿意永远住在这里，但是还是有一件事让她感到不太舒服，她觉得如果将来埋在加拿大的多伦多这里，那末,死后也要讲英语或法语，而不能讲自己的母语意大利语，那样一定会很累。可是，如果有一天她真的回到自己已经多年没有回去过的祖国意大利，还真不知道能不能找到一块让自己满意的墓地。即使能在家乡找到一块满意的墓地，她又不能确定那块墓地里的其它墓碑的主人能否接受陌生的自己。

每当格温妮斯太太考虑到这些，她都无法决定将来死后到底应该住在哪里，所以她不能给她的那些好心的邻居们一个肯定的回答。既然无法决定这件事，格温妮斯太太也就不愿意花费更多的精力去想它了。她还是愿意把自己的生活重点放在回忆中，把自己的热情投入到过去。"至于墓地，"她想："还是以后再说吧。"

除了回忆往事以外，在夏季里,格温妮斯太太也花费很多的时间在自己的小花园里。就像当年照顾自己的儿子一样精心地照顾她的每一朵花每一棵树。而且她每天除了与自己和巴比说话以外，也对花说话也对树说话。所以格温妮斯太太一点儿也不感到孤独。

跳吧，卡萨布兰卡

　　格温妮斯太太最喜欢回忆的往事就是她和儿子在一起度过的美好时光，以及儿子在成长中带给她的欢乐。

　　很多年以前，一个夏天的夜晚，格温妮斯太太和丈夫多米尼克·奥里弗先生一起迎来了一个小生命，他们的宝贝儿子小查里斯。小查里斯的诞生彻底改变了格温妮斯太太的人生，也使她真正懂得了什么是爱。有了小查里斯以后，格温妮斯太太的心中就多了一份永远的牵挂和责任，有了一个自己心甘情愿为之受苦受累而且是永无止境的工作。格温妮斯太太的脑海中还经常出现一个画面，在画面里，儿子在自己的肩膀上一天天地长大了，她要挺直腰身不断用力托起自己的儿子，要把他托上某个高峰。格温妮斯太太明白这幅时常出现的画面的意思，她在鼓励自己用全部的力量抚养和教育儿子，能使儿子到达成长的顶峰、学业的顶峰和成功的顶峰。格温妮斯太太觉得，只要儿子快乐，她自己就快乐，让儿子有一个美好的生活是她毕生追求的目标，虽然很辛苦，但是也让格温妮斯太太从中享受到了很多做母亲的快乐。

　　格温妮斯太太至今仍然记得儿子刚刚出生时的可爱的模样；儿子呀呀学语时的稚气的神态；儿子勇敢学步时的憨态；儿子张开双臂呼喊着妈妈向自己跑来时的画面；儿子刚上小学时，小小的一个人背着小书包竟也很神气地大步向学校走去时的样子；还有儿子伏案读书时的背影；以及儿子与自己相依为命时每日生活的情景。那时儿子每长高一寸，儿子每学会一个本领，儿子的每一点成长和进步，都让格温妮斯太太从心中感到无比的欣慰和高兴。当然，最让格温妮斯太太高兴的就是儿子考上大学和大学毕业的时候，那时她的快乐远远胜过儿子自己。格温妮斯太太知道，她终于用自己单薄的双臂托起了一个前途辉煌的儿子。

现在格温妮斯太太的儿子查里斯已经是一名很有成就的律师，结了婚，还有两个孩子。儿子马克二十二岁，正在英国伦敦读医科，女儿范伦迪娜也在读大学，她读的是文学，因为她将来也想像祖母格温妮斯太太一样成为一名作家。查里斯的太太海迪是一个外科医生，他们的儿子马克读医科大概是受妈妈的影响。

如今，查里斯一家住在美国洛杉矶过着富足、舒适的生活。每当格温妮斯太太想到这些，她都会流露出满足和骄傲的微笑。儿子能有一个成功的事业和一个美满的家庭是格温妮斯太太最大的幸福，因为儿子幸福了她也幸福。

查里斯一家人都很忙，不能经常来加拿大看望格温妮斯太太。格温妮斯太太因为年纪大了不能坐飞机，所以也不能去美国探望儿子查里斯一家。但是儿子经常打电话过来问候妈妈，这已经让格温妮斯太太感到非常高兴了。

当然，格温妮斯太太也会想起早已离婚的前夫多米尼克·奥利弗先生。每当她想起奥利弗先生的时候，她的心平静如水，她既不后悔与奥利弗先生结婚也不后悔与他离婚。

格温妮斯太太和前夫多米尼克·奥利弗先生是在美国读书时认识的，多米尼克·奥利弗先生也是从意大利来的学生，他当时读建筑设计，格温妮斯太太读文学。他们俩人年龄相仿，一个英俊又充满才气；一个美丽和充满幻想，就像是一对天生的伴侣，所以在大学毕业以后，他们

跳吧，卡萨布兰卡

自然而然地就结婚了。

结婚以后，他们的生活还算美满。可是后来他们却互相疏远，虽然他们讲着共同的语言，却很难沟通，最后他们平静地分手了。他们从相识久了而结婚到相处久了而离婚，就像瓜熟蒂落一样自然，也像做完一道一加一等于二的数学题一样简单。离婚时他们都没有怨言，后来他们也都没有再结婚，各自过着孤独、快乐的生活。

多米尼克·奥利弗先生现在也是八十六岁。自从四十多年前与格温妮斯太太分开以后，他就离开美国回到了意大利，住在老家罗马。现在因为年纪大了，不能像年轻时那样常常飞到美国或加拿大看望儿子查里斯和前妻格温妮斯太太，但是有时他也打电话来与格温妮斯太太聊天，聊一些无关紧要的事情，就像两个老朋友一样。

格温妮斯太太也时常想起她初恋的情人，那个从初次相遇就让她爱恋的，名叫比尔的少年和久远的青春年代。

那时,比尔是一个英俊少年，一双好看的眼睛总是漂浮不定地看向远方。有一天，比尔对格温妮斯说，他要离开她去寻找糖果，寻找世界上最甜的糖果。于是比尔从格温妮斯身边走开了。不久，格温妮斯也离开了家乡，飞到美国去寻找属于自己的糖果。

三十年以后，比尔回来了。他说他已经尝遍了世界上的塘果，最甜的还是少年时吃到的那一颗。他还说，他想回到格温妮斯的身边，用自己的余生去补偿已经逝去的三十年的时光。但是，格温妮斯这时已经不能接受尝遍了世上糖果的比尔，她宁愿在自己的心中挖掘一个坟墓，埋葬自己的初恋。

　　午后的阳光渐渐地消失了，格温妮斯太太没有像往常一样在阳光褪去后与巴比一起回到房里去，她依然坐在已经不再轻轻摇动的摇椅上。格温妮斯太太的那张曾经美丽过的脸上此时充满了安详与幸福的表情，她身旁的巴比轻叫了两声也沉寂下来，四周一片寂静。

　　在这片寂静中隐隐约约地传来查里斯儿时的欢笑声，查理斯稚嫩的呼唤妈妈的声音和教堂的钟声，在悦耳的钟声里，能听到在儿子小的时候格温妮斯太太常常念给他听的那首童谣："大森林，小木屋，舒舒服服小胖猪……"

　　一片宁静的墓地上点缀着无数的野花和星星点点的小树，一个崭新的棕红色的大理石墓碑座落在绿色的草地上，墓碑在午后的阳光下变换出极美的葡萄酒似的酒红色，几朵白色的玫瑰伴随在墓旁，墓碑上刻着"格温妮斯·奥利弗安息"。

小雨里的钟声

　　秋日的细雨里，街上几乎空无一人，因为是星期天，所以店铺都关了门。这样的寂静，让我想起很多年以前的加拿大的多伦多，那时多伦多在周末的时候也是如此的安宁。披着一身细雨，一个人在秋韵浸染的秋叶间游荡，心，也如这秋雨般清凉。从林间转回来时，已不见那在街旁候车的女人。这是一个美丽又静谧的日内瓦的早晨。

跳吧，卡萨布兰卡

秋雨连绵不断，教堂的钟声一路伴随着我，守护着我，在古老的欧洲大陆上。

去年，整个十月我都一个人在欧洲游荡，经常是今天不知道明天会去哪里，在哪个城市，哪个国家。

跟着前来接我的司机走出日内瓦火车站，眼前一片混乱的景象，让我觉得仿佛到了美国纽约的某段地区，我们的车也被拥挤的交通堵塞了近一个小时才离开了火车站。司机解释说，因为从法国那边到日内瓦来上班的人们正在回家去，所以才会有这么多车辆。

秋日的细雨里，街上几乎空无一人，因为是星期天，所以店铺都关了门。这样的寂静，让我想起很多年以前的加拿大的多伦多，那时多伦多在周末的时候也是如此的安宁。披着一身细雨，一个人在秋韵浸染的秋叶间游荡，心，也如这秋雨般清凉。从林间转回来时，已不见那在街旁候车的女人。这是一个美丽又静谧的日内瓦的早晨。

在日内瓦市心中的湖水里，栖息着很多美丽，神态优雅的天鹅。我在那里停留的时候，经常去看望它们，欣赏它们的高贵气质。听说这些天鹅并不是由人工饲养的，它们原本是野生的，当年路过这片湖水时，因为有人喂食，因此就留了下来。这个故事让我感到，即使贵为天鹅也要食人间烟火，而且，后来我也亲眼目睹了美丽的天鹅们不顾身份，抢夺食物的景象，这情景让我惊讶，也让我凄然泪下。

在我乘火车从米兰前往日内瓦的途中，遇见了几个从中国来的游客。因为已经有多日不仅没有见过中国人，就连亚洲人的面孔也没有见过，所以看见他们倍感亲切。下车之前，他们也很关心地问我要到哪里去，知道我去日内瓦后，他们中的一个说："下站就是。"熟悉的乡音，温暖的话语让我很难忘记。

法国巴黎凡尔赛宫的秋天格外迷人，小雨中，我独自漫步在河边，倾听无声的秋雨，任心情在时空间飞翔，让雨水打湿心情的翅膀，任思绪缠绵于落叶与天空之间，让静谧的秋色展开我的笑脸，轻轻地走在凡尔赛宫的花园中，寂静的园林里传来一首历史的绝唱。

因为罢工的影响，巴黎街头混乱异常，从酒店出来不愿意多看那悲惨的景象，于是我就一头扎进罗浮宫里欣赏艺术和世界珍宝去了。每次去罗浮宫，达芬奇的《蒙娜丽莎》是一定要去拜访的，而且每次给《蒙娜丽莎》拍照时我的手都会颤抖，照出来的相片自然也是模糊的，这一次也不例外，照了二十多张照片竟有二十多张模糊不清，望着蒙娜丽莎脸上神秘的笑容，我只好又一次无可奈何地对她笑一笑说："好吧，今天不照相，只向你问一声好！"

拜访过维纳斯女神之后，我又去欣赏拿破仑骑在战马之上的画像。往常眼前栩栩如生的战马，威武的拿破仑总是给予我语言无法表达的艺术之魅力，可是这一次，画像上的残酷的战争场面，却让我联想到巴黎街头的罢工，联

203

跳吧，卡萨布兰卡

想到此时此刻在某地正在发生的战争，顿时感到兴趣全无，悻悻地走出罗浮宫，进了一家咖啡馆，买了一杯浓浓的咖啡独自品尝，这时，心情才渐渐地平静下来。

十月初的法国巴黎仍然风和日丽，徐徐的晚风吹过带来片片轻柔的法语，路边的一个乞丐忙了一天之后，也在很仔细地为自己和他的那只小狗铺床。这是一个和平，浪漫，温馨的巴黎。

再回到巴黎已经是十一月初了，近一个月的罢工完全改变了"爱之都"巴黎的形象，到处可见荷枪实弹的军警和漆黑色的警车，还有嘈杂的游行人群，让我以为正身处于某个电影的某个镜头之中。那类似白色恐怖的街景至今仍让我感到心有余悸。

巴黎街头那个流浪的少年从破旧的被褥下露出一张铁青色的脸，表示对我那一点点施舍的感谢，本来已经走过去了，但是那张年轻且极度虚弱的脸又把我拽了回来。我又掏出一张纸币放在少年的手里说："拿这钱去买一点东西吃吧。"少年点了点头，却没有一点起来的意思，带着阵阵的心痛我离开了他。我知道他那在远方的母亲此时定会更加心痛。

每年的六月和七月是法国普罗旺斯最美丽的季节，那时，成片的紫色的薰衣草在田野里盛开，散发出无比醉人的芳香。普罗旺斯盛产香熏产品和各种香水，而用薰衣草制成的香熏应该是普罗旺斯最著名的产品了。从普罗旺斯带回家几块薰衣草味道的香皂，便能在寒冷的冬季里，享受到几缕普罗旺斯的，夏季的阳光。

从酒店租了一辆汽车，带上根本看不懂的地图，便启程去了那个普罗旺斯的葡萄园。像往常一样，还没有走多远就已经迷了路。因为在乡村小路上很难见到一辆车，更难见到一个人，只好打电话给酒店请求帮助。就在酒店的人说要来寻找我的时候，我突然发现了一个巨大的路牌，上面写着那个葡萄园的名字，还有一个大大的箭头指向葡萄园的方向。谢过电话那边的先生，我朝着箭头所指的方向开去。

葡萄园里的那个不太年轻，但是仍然风韵犹存的意大利女人，一一地向我介绍她家在不同年代酿制的不同的葡萄酒，也让我逐一品赏，我并不懂酒，只是出于礼貌不停地点头称赞送到嘴边的每一种葡萄酒，临别时又出于礼貌买了一瓶红葡萄酒和一瓶橄榄油。

晚上在酒店的餐厅里吃饭的时候，侍应生向我推荐一种红葡萄酒，我仔细一看，这瓶酒竟然和我从葡萄园里买来的那瓶一样，只是这里的一杯酒比我的那一瓶酒还要贵很多，于是我用我的那瓶葡萄酒换了餐厅里的一杯葡萄酒，第二天早上离开酒店的时候，为了轻装前行，我把昨天买的那瓶橄榄油也送给了酒店。

在位于普罗旺斯的一座山上，有一个号称是法国最美的村庄之一的地方。每个星期那里都要举办几次集市，集市上的商品从服装到食物以及家庭用品无所不有。刚到普

跳吧，卡萨布兰卡

罗旺斯的那天，当地人就迫不及待地介绍这个集市给我，直到在离开普罗旺斯的那天早上，我才有幸参加了这个很有名的集市，在这个集市上，不仅有十分正宗的乳酪和各种法国小吃，也有手工制作的工艺品，还有色彩鲜艳的服饰和室内外用品，当然全部商品都标有"法国产品"的标签，价格却十分低廉。

买了一串别致的"法国项链"，立刻带在身上，心情好像普罗旺斯的阳光。又买了一块美味的家庭制作的火腿和一杯纯正的法国咖啡后，我便坐下来十分悠闲地品尝我的"早餐"。一个警察（据说是这个村庄里唯一的一个警察）走过我的面前，笑咪咪地说道："阳光下，尽情地享受你的早餐吧！"

在普罗旺斯的时候，我曾经遇见过一只幼小的流浪猫。那天，当我在餐厅外的餐桌上用餐时，这只小猫从远处胆怯地，渴望地望着我盘中的奶酪。我偷偷地丢给它一块鲜嫩的奶酪，（这家酒店不允许客人喂流浪猫）看它狼吞虎咽地吃完，我又像做贼似地给了它一块奶酪。当我给到第三块奶酪的时候，这只小小的流浪猫已经靠在我的腿边，慢条斯理地吃奶酪了。我被它的信任感动了，在这样短暂的时间里，它竟然把自己的生命交到了我的手上！

在米兰市中心的街旁，有一家小餐馆，在那里，我吃到了我认为最正宗的意大利面条，那家小餐馆的咖啡也很醇香。店主是一个意大利老人，每次见到我他都殷勤地请我坐在靠近暖炉的桌旁，（那几天天气很冷）店里的美食和老人的笑脸至今难忘。下次再去米兰时，我一定要再去拜访这家独特的小店。

多纳托是一个意大利人，也是我所认识的人里唯一一个在四十岁的高龄仍然和自己的父母同住的独身男子。其实，他为此也很苦恼，他很想拥有一颗属于自己的橄榄树！

在罗马时，每次当我们开车经过那个顶部有一家医院的小山时，我的意大利朋友都会充满感情地对我说："那里就是我出生的地方！"看到他如此热爱自己的出生地，有一次我忍不住问道："自从出生以后你去过你的出生地吗？""从未去过。"他淡淡地回答，语气远不如他介绍他的出生地时兴奋。当然每个人都会对自己的出生地心存感激，又有几个人常常去拜访呢？"生日快乐"从那以后，每当我们再次经过那座小山时，我都会主动送上这句祝福的话。

走在意大利佛罗伦萨的街头仿佛置身于艺术博物馆中。宏伟的教堂，优美的雕像，美不胜收。买几幅街头艺术家的作品，欣赏夕阳下的佛罗伦萨，倾听教堂里传来的悦耳又神圣的钟声，便忘记了自己，也忘记了红尘中的世界。

在佛罗伦萨四季酒店的花园里，有很多橄榄树，青青的橄榄落满一地，温暖的阳光下，一个小女孩在喷泉边戏

跳吧，卡萨布兰卡

水，一对年轻的父母推着婴儿车在院中散步，好一幅世外桃源的美景！

刚刚住进威尼斯的一家酒店，就有人告诉我，明天海水就会涨到酒店里来，所以大厅里的家俱等物品今晚都要搬到二楼去。这时正是当地的洪水季节，洪水深的时候，船都可以开进酒店里来。近二十年，每年这里平均会有87次的洪涝。威尼斯人准备修筑一条长堤抵御洪灾，保卫威尼斯。

第二天早上醒来，我立刻推开房间的窗户视察水位，这时海水已经淹没了一楼的门窗。我的房间在四楼，应该不会被海水淹到，心情顿时轻松了许多。下到大厅里，沿着一条临时搭建的"桥"走到酒店外面，在蒙蒙细雨里，叫了一辆当地唯一的交通工具"水上出租船"，悠闲悠哉地启程游览水都威尼斯去了。

那个小个子的威尼斯商人带着诡异的神情把店门关上，只留我一个客人在店里。还未等我开口，他已经把吊灯的价格减了一半，我刚要开口，他又说再送给我四个壁灯。他这般慷慨让我感到有些不知所措，还有些受宠若惊。于是我也十分"慷慨"地，立刻买下了他那盏极其昂贵的吊灯。在不经意间，我发现了他眼中掠过的一丝狡猾的笑容，无奈我已经夸下了海口，（君子一言，驷马难追）所以我"固执"地坚持买下了那盏灯。

离开巴塞罗那的那天早晨，在酒店工作的那个西班牙女孩，突然跑过来抱住了我，并且连声问道："你什么时候再来？"已经很久没有人这样亲切地拥抱过我了，因此我被感动得流下了眼泪。刚刚入住酒店的那天，我见到了这个女孩，她帮我预订了去罗马的机票和当地的酒店，当她知道我是一个人旅行的时候，立刻兴奋地告诉我，她也经常一个人旅行，所以很清楚其间的快乐与忧伤。告别了这个热情的西班牙女孩，我去了意大利的罗马，带着女孩的关切和她给予我的那种远远超过萍水相逢的友谊。

在摩纳哥的一家商店里，我遇见了两个中国女孩，因为语言上的问题，我给了她们及时的帮助。临别时她们再三道谢，我也祝福她们旅途愉快。分手后，因为一个人旅行的那份孤单的感觉好像也突然淡漠了许多。

一个人在摩纳哥公国旅行是最轻松的，因为那里的治安非常好。朋友说，即使不小心把现金丢在街上，那里的警察也会很快地把钱送回到失主的手上，因为在这个只有1.95平方公里的国家里，每一寸土地都被摄像镜头覆盖，摩纳哥人也经常十分自豪地对游人说，尽管放心地游玩，不必为你随身携带的物品担心，因为这里是摩纳哥！

伴随我在欧洲大陆旅行的小雨，还有那一路陪伴着我的教堂里的钟声，让我的心情平静下来，忘记了忧伤，带来了快乐。一个人的世界有宁静，也有精彩！

后　　记

一个人傻傻地流泪，在许多年里，在孤独的岁月中。

沉默了自己的感情，沉淀了花样美丽的年华。

让风吹走无香的花雨，残留在心中的雪夜风情。

春天再次归来，仍然带着几许清香浓情，仍如过往烟云？或似一江春水！

用心去爱，春来花会开。让云翩然落下，带着粘稠的感伤，在春雨中净化。

与你，看尽人间烟火与繁花！

2011 年 3 月 20 日多伦多